I0548114

DIOS Y EL TREN DE MEDIANOCHE

Juan Carlos Cervantes

DIOS Y EL TREN DE MEDIANOCHE

Una fábula verdadera

vela al viento
ediciones patagónicas

Cervantes, Juan Carlos
    Dios y el tren de medianoche - 1ª ed. - Comodoro Rivadavia: Vela al Viento Ediciones
Patagónicas, 2013.
    116 p. ; 21x15 cm.

    ISBN 978-987-1638-38-3

    1. Narrativa Argentina. 2. Novela. I. Título
    CDD A863

Fecha de catalogación: 23/01/2013

Título
        Dios y el tren de medianoche

Autor
        © *Juan Carlos Cervantes*

Contacto con el autor
        cervantes.juanc@gmail.com

Primera Edición
        Vela al Viento Ediciones Patagónicas - 2013

Diseño de tapa
        Rubén Eduardo Gómez

Diseño Interior
        Rubén Eduardo Gómez
        rubedugomez@gmail.com

Colección
        Bogavante

Impresión y Servicio Editorial
        Vela al viento - Ediciones Patagónicas
        velaalviento.ediciones@gmail.com
        T. E. 054-0297-154-141145

Tirada
        300 ejemplares

Queda hecho el depósito que establece la ley 11723
Impreso en la Argentina

Todos los derechos reservados. Queda prohibida la reproducción parcial o total de este libro ni de sus imágenes, ni su incorporación a ningún sistema informático, ni su transmisión en cualquier forma o por cualquier medio, sea éste mecánico, electrónico, por fotocopia, grabación u otros métodos sin el permiso previo y por escrito de la titular del copyright.

La Utopía había comenzado

Dedicatoria:

Llegó como un pecado de juventud, dispuesta a convertirse en una bendición, una prueba de amor.

Su primera sonrisa, su primera mirada, bastaron para dictar el futuro del carácter aún vacilante.

La pobreza se volvió un trámite, la esperanza se transformó en certeza y los sueños en realidad.

Las cadenas del amor, estrujaron al corazón hasta desfallecer ante la pérdida temporal.

Más luego, el reencuentro tocó campanas de libertad y aquellas cadenas se convirtieron en estandarte.

El registro de los años sólo habla de dicha y orgullo hasta la llegada de la primavera de la vida.

El temor ante lo desconocido oscureció al corazón, temeroso de perderlo todo, pero su luz demostró que la guía había sido correcta.

Los años difíciles que toda criatura viviente tiene, demostraron su temple y compromiso.

La vida que sabe recompensar, le dio la oportunidad de ser la portadora de nueva vida, iniciando un nuevo ciclo.

Rosa pequeña, gracia de Dios.

Nunca un nombre fue tan justo en su descripción, nunca el amor tan bien confiado.

El día: domingo 01 de diciembre, qué importa que las leyendas, dichos y escritos, dijeran que él descansó en domingo[1].

La ciudad comienza a vivir su amanecer, sin sospechar que ha sido elegida protagonista del destino. Despierta a un nuevo día, con pereza, con el cansancio y la ansiedad de llegar al final de otro año. Es una ciudad acostumbrada a los buenos balances y este año, no es la excepción; su población es rica en muchos sentidos de la palabra y ella goza de los dones del tiempo. Si la tuvieras que comparar con algo que tu mente pudiera asimilar, deberías imaginarte a una joven mujer, como de unos 40 o 45 años, de buena posición económica, con un carácter firme, moldeado en la experiencia y el paso de los años. Bella sin lugar a dudas, madura, segura de sí misma y confiada en sus instintos. Definitivamente una gran ciudad.

Los primeros rayos de sol se filtran a través del cielo algo nublado, trayendo esperanza a las almas que recién comienzan a correr el velo de los sueños imposibles y sosiego a los que habitan la noche. El suave calor que pronto llegará desde el cielo, en esta cálida primavera, bañará la ciudad con su luz, dejando ver en todo su esplendor a su orgullo principal, la gran estación central de trenes, una verdadera reliquia de 200 años, única en su tipo y que lleva pomposamente el título de ser la primera y la más grande, en todo el país, una desmedida demostración de la ambición

---

1 *Y acabó Dios en el día séptimo la obra que hizo; y reposó el día séptimo de toda la obra que hizo.* G 2.2

y el ego de unos pocos, con la arrogancia suficiente como para creerse dueños de la visión del futuro y el destino.

En su portal de ingreso hay una placa que reza "La estrella de sagitario surcó el cielo, el hombre se alzó frente a su creador y proclamó: *reclamo lo que por derecho me pertenece*. El creador lo miró con dolor en los ojos pero no pudo emitir objeción, así lo había creado. Huyó de su error, escondiéndose en lo profundo del universo conocido, con la esperanza de no ser encontrado jamás. Y así nació el Dios Hombre, creador de la realidad y forjador de su propio destino. La Utopía había comenzado", en clara referencia a la creación de la ciudad de la cual era abanderada y que hacía honor a esos visionarios que, con nada, habían construido la más bella, la reina de todas las ciudades.

Como dijimos, en poco tiempo más, la vorágine diaria de actividades, tomará el control de la ciudad, miles de niños correrán presurosos a un nuevo día de clases, cientos de miles jugarán una nueva carrera contra el reloj, la rutina se erigirá como una reina todopoderosa y omnipresente. La ciudad jugará una nueva ronda con el destino y la suerte de sus habitantes. Un día más, tan normal y corriente como el de ayer o el de la semana anterior y sin embargo este de hoy, es tan especial.

¿Por qué? Seguramente ya te habrá enseñado la vida, que todo el universo de conceptos, preceptos y hechos, ha tenido un comienzo, un inicio. Sí, así es, hasta tu propio Dios, sea cual fuere el nombre que le has dado.

Pues nada puede terminar sin haber comenzado, nada puede morir sin haber nacido. Por eso y mucho más, este día es tan especial.

Porque es el primero, y tú deberás juzgarlo y definirlo en tu propio tiempo, ya sea como *"el principio del fin"*, donde todo acaba sin posibilidad de continuar o como *"el fin del principio"*, donde obtienes una nueva oportunidad, una segunda chance, el amanecer a una nueva era.

La estación aún envuelta en el sopor de la noche, sueña con la multitud que la ocupará, mientras arrulla a los pocos pasajeros y desamparados que se han cobijado bajo su techo durante la noche que termina; los empleados finalizan las tareas de aseo para dejarla bella para la nueva jornada que ya se anuncia, los guardias de seguridad con mucha amabilidad van despertando a los desposeídos y los invitan a la cocina, donde Lucía, la cocinera en jefe del patio de comidas, les ha preparado un nutritivo desayuno, como ella suele decir *"un estómago caliente y una caricia, para alimentar la ilusión de una nueva esperanza"*, mientras, algunos integrantes del clan de los madrugadores, se hacen presentes en la inmensa sala de espera, acomodándose para ser, como siempre, los primeros. Reza una leyenda urbana, que los primeros siempre tendrán lo mejor, incluida la salvación. ¡*Leyendas*!

Por el ventanal de la sala de control se ve al jefe de la estación, caminando nervioso, gesticulando y hablando solo, basta mirarlo un segundo para darse cuenta de que ha tenido una pésima noche, llena de presagios y sueños alocados. Él esta seguro de que *"algo"* va a pasar y trata de estar preparado para cualquier contingencia.

Repasa mentalmente, una y otra vez, los memos recibidos en las últimas horas, descarta los temas operativos, de ellos se ocuparán con eficiencia sus asistentes y fija su atención en aquellos relacionados con la logística y lo ejecutivo. Un nombre viene a su memoria, Susana, e inmediatamente saca de su mente los temas de logística, nadie mejor que ella para eso. Se concentra nuevamente y concluye: *"todo esta en orden"*, reflexiona, dedicándole un minuto a la foto sobre su escritorio, desde la cual su hija le brinda un *te quiero* que lo reconforta y da ánimos cada mañana.

Un pequeño dolor en el pecho, lo obliga a encorvarse y le recuerda que ya es hora de su medicamento. Suspira molesto por esta afección que le quita *"operatividad"*. Se sienta y sin hacer mucho alarde físico, alcanza el frasco de pastillas y toma una, mientras intenta relajarse dejando su mente en blanco.

La estación se despereza, anhela el nuevo día, su corazón de acero y cristal, late expectante por la llegada del primer tren, aunque el andén esté vacío y el sonido se encuentre perdido en la inmensidad de la distancia.

Las vías anhelan poder sentir nuevamente el calor abrasador del tren deslizándose por sus venas. Por su parte, la ciudad amanece ajena al sentir de sus partes, abstraída en planes maquiavélicos para torturar las almas de su propio purgatorio, inocente ella del devenir y el porvenir.

Muchos creen que las primeras y más grandiosas creaciones del ser humano son las ciudades; otros dicen que lo son los robots, mecanos, clones e híbridos los que pondrán al hombre en el podio de los creadores. Nosotros, pensamos que con el primer ladrillo de la primera ciudad, nació el Dios Hombre, arquitecto y albañil de su propio destino. Estas, sus criaturas, semejantes a los antiguos *Nephilim*[2], pero de roca e hierro, se encuentran esparcidas por todo el planeta, desde pequeñas villas hasta gigantescas urbes, y cada una lleva impreso el sello de su creador, su dualidad y su arrogancia.

Son estas míticas bestias, con huesos de cemento y acero, carne humana y cerebro de colmena, un verdadero desafío a la creación divina, erigiéndose altivas de cara al cielo tan olvidado. Han sido construidas haciendo caso omiso del tiempo, están hechas para perdurar aún después de la muerte de su creador. Son eternas.

En ellas y con ellas se define el futuro de la raza humana. Aquel primer ladrillo, colocado como piedra basal de Uruk en la Mesopotamia[3], terminó el idilio, eliminando de la memoria del hombre la ley de la armonía con la naturaleza y todo lo creado por Dios, desterrando al olvido el concepto de ser parte de un todo.

---

2 Los *Nefilim* o *Nephilim* (en hebreo nefilim, "derribadores") un pueblo de gigantes o titanes.
3 **Uruk**, antigua ciudad de Mesopotamia, situada en la ribera oriental del río Éufrates. La primera de todas.

Algunos creen que fue en ese momento, que el hombre habiendo alcanzado la mayoría de edad, decidió seguir su propio camino, como nuestros niños cuando parten del hogar materno como flechas de sagitario hacia un nuevo destino, sin importar los sueños del padre.

Tal vez fue así, tal vez no, quizás sólo fue la típica rebeldía de los adolescentes; lo que sí es seguro es que el hombre no pensó en las consecuencias, que con la libertad tan soñada, vienen las responsabilidades por cada uno de nuestros actos. Quizás ahora en los últimos tiempos al fin hemos comprendido que la libertad no existe, que siempre tendremos en nuestras vidas alguna dependencia rigiendo nuestros caminos, como decía la canción *"libertad con fijador"*.

Hemos creado un ser divinamente monstruoso. Las personas no son ya un ser individual, sino parte de una ciudad, ella dicta nuestros gustos, la forma de vestir, el modo de andar y el estilo de hablar, determina nuestro sentir y pensar. Algunos la comparan con una madre, a veces sobreprotectora, asfixiante y otras, amorosa como tierno peluche, que en algunas ocasiones nos muestra su lado oscuro, comportándose en forma abusiva y desaprensiva.

Si por algún motivo una persona se atreve a dejarla, ella nos lo recuerda a cada instante, sumiéndonos en la melancolía y en la vana y mezquina vaguedad de la comparación, algo estéril, que no nos deja darle una oportunidad a otra ciudad, a pesar de que pueda habernos recibido en su regazo como a un hijo propio. Siempre existe la posibilidad de la excepción, donde se encuentran aquellos que sólo conocieron su lado malo y más que abandonarla, han huido de ella para nunca más regresar.

De niños corremos por sus venas, de adolescentes amamos en cada rincón de sus arterias, de adultos maldecimos sus vicios y defectos. ¡*Ciudades*! Tan bellas, tan narcisistamente egoístas. Todas son especiales en nuestro corazón; verdes, grises, doradas, qué importa, son nuestras y les pertenecemos de por vida, como un matrimonio de *"hasta que la muerte nos separe"*.

Siempre decimos "*esta ciudad se deja amar*" o "*¿por qué me fui de mi ciudad?*" o tal vez un "*esta ciudad te roba el alma, ten cuidado*" y cuando al fin decimos "*¡Te conquisté! ¡Soy el rey de la ciudad!*", no tarda en demostrarnos que ha sido un placebo administrado a lo largo de los años, para que seamos fieles sirvientes, incapaces de rebelarnos a la sodomía de la servidumbre, convirtiéndonos en amantes de la mansedumbre, dignos herederos de Pigmalión[4].

Abusivamente algunas dictan las normas del vestir, otras marcan el ritmo de la política o pregonan la santidad del dinero. Las personas llegan a ellas convencidas de conquistarlas y siempre terminan fusionándose con ellas, adquiriendo sus modos y entregándoles su vida, convirtiéndose en larvas parasitarias envueltas en una simbiosis que vaciará sus almas.

Basta decir, como ejemplo de un millón de situaciones parecidas y no tanto, "que un hombre cualquiera llegó a una ciudad considerada la reina del azar, con el alma llena de ilusiones y con un poco de dinero en los bolsillos, estaba dispuesto a hacerla suya, su fe jugueteaba con el fanatismo de un modo desenfadado, la primera noche recibió la advertencia de que ella no era conquistable, al segundo día le recordó por qué era la reina del azar, al tercer día lo desechó entre los indeseables, mostrándole una sonrisa malévola mientras lo dejaba quebrado, con las ilusiones rotas y la vergüenza de no poder volver. Sin embargo, él se hizo fuerte y regresó por más, *¡Era un hombre!* Y no se dejaría tratar así. Para el séptimo día, se lo podía ver durmiendo en un banco de la plaza, con la ropa sucia, balbuceando incoherencias, arrastrando su moral y su hombría como cadena de reo. Un mes después, no quedaban rastros de aquel hombre orgulloso y seguro, en su lugar se podía ver a un triste vagabundo, borracho, inmundo e insano, que recorría las calles sin atreverse a pasar de los límites de la gran ciudad, perdido para siempre, muerto en vida para sí y

---

4 Pigmalión, rey de Chipre, buscaba mujer con la que casarse, debía ser la mujer perfecta. Frustrado en su búsqueda, dedicó su tiempo a crear esculturas preciosas para compensar. Una de ellas, Galatea, era tan bella que Pigmalión se enamoró de ella.

para la humanidad".

Existen muchas historias, infinitos matices e incontables finales, seres que maldicen su suerte y el día que decidieron arribar a una determinada ciudad, culpándola de todos sus errores y también están aquellos que se pasan la vida añorando a una en particular, haciéndola depositaria de sus inalcanzables y frustrados sueños, otros en forma obsecuente la adoptarán, olvidando sus orígenes, convirtiéndose en sus defensores, aún más acérrimos que los naturales, "*más papistas que el propio Papa*" susurra el dicho popular. Hombres, mujeres y niños, estamos regidos por una sola ley suprema: la ley de la ciudad.

Las ciudades tienen personalidad, sentimientos, razón. Algunas se parecen a Godzilla, realmente monstruosas y otras a un parque de diversiones; grandes, chicas, heterogéneas, multigenéticas, de una sola lengua o políglotas, todas comparten un instinto básico, un feroz apetito por la carne humana. Son bestias gigantes sedientas de ilusiones y esperanzas, que se deleitan con postres de locura y agonía...

El relato se detiene, la imagen es aniquilada por un millón de puntos que se mueven alocadamente por la superficie de la gigantesca pantalla. La voz enmudece dando paso a un sonido semejante al zumbido de las abejas que taladra los oídos incrédulos y temerosos.

Las personas bajo el inmenso aparato, se ven repentinamente retratados en la pantalla. Súbitamente la imagen se múltipla y se puede ver a otras personas haciendo lo mismo que ellos. Algunos de esos rostros y lugares les resultan vagamente familiares.

Ahora ven una ciudad, está ardiendo en llamas, nubes negras se elevan caprichosamente hacia el cielo tan temido, si se mira con detenimiento la escena verán que está teñido de rojo con destellos enceguecedores a la distancia, mientras se escuchan aterradoras explosiones que llenan el ambiente de temor y dolor.

Tan sorpresivamente como lo anterior, aparecen en pantalla una cueva y miles de personas. Se escucha a los niños llorar y a las madres musitar palabras de consuelo, en tanto que los más ancianos elevan una plegaria sin destino alguno. En la pantalla, una mujer ataviada con una armadura plateada se cruza rompiendo la imagen, la cámara parece seguirla hasta que se detiene en otra mujer, con el rostro claramente angustiado, quien retoma el relato sin mediar palabra.

Te preguntarás por qué te contamos algo que parece un cuento de fábula en estos momentos tan aciagos para la humanidad; dándote la errónea impresión de que divagamos. Nosotros, sólo intentamos hacerte comprender, abrir tu mente y tu corazón para que entiendas por qué fue elegida nuestra ciudad o el papel que jugará ella en el futuro de la humanidad y el de los tuyos.

Siempre sostuvimos que nuestra ciudad se parecía a una que fue creada en la imaginación de un hombre para una tira cómica, tan llena de estridencias y matices, con sus inmensos parques verdes de primavera y dorados de otoño, con sus monumentales edificios, sus blancas casas y sus coloridos habitantes. En sus calles verás los sueños del hombre hechos realidad, increíbles máquinas corren por las venas de la ciudad, las plazas y lugares públicos albergan la exquisita habilidad de los artesanos. Sonidos que albergan todos los tonos, su estilo es inconfundible, su arrogancia digna de un dios. En nuestra ciudad no hay un tipo de loco, aquí viven todos los locos posibles, somos excelsos extremistas, o muy buenos, casi rozando la santidad de la beatitud o exquisita e imponderablemente malvados, no conocemos el término medio. Te podemos asegurar que en nuestras calles, los 365 días del año, el bien y el mal, se desangran en una lucha sin cuartel.

Pasada la locura del año 2000 y del tan mentado fin del mundo, las ciudades se han convertido, sin buscarlo, en un imán humano, un lugar donde todos quieren ir, con desesperación y angustia; miles llegan durante el día y miles mueren durante la noche. De los sobrevivientes, qué te podemos decir que no hayas experimentado en carne propia. Cientos quedan dañados para siempre, con sus esperanzas hechas añicos, saltando de sueño en sueño, intentando desesperadamente recuperar su esencia, los otros, los que se dan por vencidos, quedan sumidos en un mar de rutinas patéticas, que los van desangrando lentamente a lo largo de su vida. Sólo a unos pocos soñadores se les permite el lujo de una vida digna.

A nuestra ciudad, en algún momento de la presente historia, comenzaron a llamarla "Edén[5]", no por la creencia de un lugar de paz y armonía, sino porque, como en la mitología Judeocristiana, el mal y el bien coexisten en el mismo lugar, como una especie de inquilinato universitario y donde, por lo tanto, el hombre es probado en la fortaleza de su alma y sus creencias. Un lugar para probar nuestra fe y convertirnos finalmente en hombres.

La pantalla se llena de imágenes de horror y dolor, se escuchan alaridos de terror y el tronar de las armas. Finalmente la mujer vuelve a aparecer, se la nota más angustiada que antes, aprieta sus manos con urgencia para recuperar la compostura, con voz titubeante, retoma su relato.

Se nos hace difícil encontrar las palabras justas ¿cómo transmitirles este mensaje de una manera clara y eficiente? Tal vez debamos contarles la historia como a un niño, no con parábolas, sino con la simpleza de un cuento para dormir. Pero antes de eso, recuerden, graben en sus mentes, ya sea que decidan creernos o no, deben salvar a la humanidad, sólo ustedes tienen ese poder. Entonces...

---

5 Y Dios plantó un huerto en Edén, al oriente; y puso ahí al hombre que había formado. Tomó, pues, Dios al hombre, y lo puso en el huerto del Edén, para que lo labrara y lo guardase. Génesis 2:8 2:15

Capítulo 1:

De cómo el hombre arribó a la ciudad

Había un vez un tren, que llegó a la gigantesca ciudad en el amanecer del día primero, orgullosamente sonaba su sirena, sabiendo que él era el primero del día y que sería el último en partir de ella. Esto era así desde el principio de los días, cuando fue construido. Su impecable maquinaria de reluciente titanio traía, esta mañana, a un solo pasajero, un hombre.

No era como otros días cuando arribaba lleno de pasajeros deseosos por conocer la gran ciudad, en su mayoría de ciudades más pequeñas o del campo, que venían ataviados con ropa de gran colorido, con el corazón expectante y la mente voraz de nuevas sensaciones. Tampoco era como otras ocasiones cuando transportaba cientos de personas enfundadas en grises trajes de trabajo, algunos con el fastidio de la rutina y otros con hambre de gloria. Mucho menos se parecía a esos momentos cuando traía una bandada de niños, alborotados y llenos de alegría. No, esta vez no había diarios bajo el brazo ni canciones escolares, sólo un hombre.

Era más bien alto, con una amplia cabellera que le llegaba hasta la mitad de la espalda. Su barba al igual que su cabello eran de un blanco plata que opacaba a la mismísima luna, sin embargo quizás alguno te diga que en realidad, el color era de un negro azabache que haría palidecer a una noche sin estrellas, hasta quizás consigas a alguien que te jure por su propia vida, que semejaba el rojo de las llamas del infierno. Su rostro enmarcado por una quijada fuerte y una frente amplia, le brindaban un porte señoril, aunque sus ojos del color del cielo y el mar, hablaban de la humildad del pescador y la sagacidad de un rey. No faltará quién te diga lo contrario, que en realidad era un amable anciano de tez indefinida y pelo blanco, y seguramente otros te dirán que sólo vieron un rostro soberbio, mirando con desprecio y rabia por sobre los hombros; escúchalos a todos, todos dicen la verdad[6] .

Si uno lo miraba con detenimiento, podía ver pequeñas arrugas en su frente y un entrecejo fruncido, que mostraban a un hombre cavilante, como el rostro de aquel que debe tomar una grave decisión y se rehúsa a tomarla. Ataviado con un elegante traje estilo siglo XX, de suaves gestos y modales, parecía un señor de la época victoriana mezclado con un hippie moderno, como extraído de una pintura surrealista de Dalí.

Sentado en el asiento al medio del vagón, se lo veía ensimismado en sus pensamientos más recónditos, nervioso, acongojado, dubitativo, sus manos enfatizaban la turbulencia de su mente. Sus ojos, cerrados de a ratos, nos hablan de lo profundo de su dilema. Al escuchar la sirena del tren, miro interesado hacia la gran ciudad que se avecina, se para, se acerca a la puerta; es el único pasajero y está por arribar a la ciudad.

Cuando el tren, entre el chirriar de los metales y los frenos, se detiene y abre sus puertas, el hombre camina hacia el andén. No trae equipaje, pero no hay nadie en la estación para reparar en el detalle. El hombre ha llegado a la ciudad.

La puerta abierta lo invitó a salir hacia el andén. Él dio un primer paso y este sencillo y fugaz evento cambió el rumbo de las estrellas, modificó las leyes del universo. Como aquel primer paso del hombre sobre la luna o el primer pie en tierras nuevas en 1492, así de impactante fue su primer acto en la ciudad.

Un ligero pensamiento le dijo que estaba morbosamente curioso, porque claro, no es lo mismo saber que ver, no es lo mismo creer que tocar, como tampoco lo es imaginar que sentir. El andén estaba desierto, los guardias y el personal de la estación

---

6 Hagamos al hombre a nuestra imagen, según nuestra semejanza. Y creó Dios al hombre a su imagen. A imagen de Dios lo creó. Génesis 1:26-27

central habían sido tomados por sorpresa por el tren, que había llegado antes de lo previsto y eso nunca había pasado en toda la historia de la estación. El hombre jugueteó un segundo con su corbata, miró al cielo y dio su aprobación, estaba cubierto de nubes de lluvia y gris como su humor.

- *Tal vez se pregunten y con justa razón, cómo sabemos esto, es simple, porque estuvimos allí y ustedes estuvieron a nuestro lado, por increíble que parezca todos sabíamos que él vendría. Me atrevo a decir que incluso sabíamos en nuestro interior el día, la hora y hasta el segundo exacto en que eso pasaría. El evento ha sido anunciado desde el principio de los tiempos[7]-*

El jefe de la estación apareció jadeante en la gran puerta electrónica que separaba el andén de la sala de espera. La corbata lo ahogaba, *"es una auditoría, debe serlo, qué otra cosa podría ser"*, pensó fugazmente al pasar delante del hombre sin verlo o percatarse de su presencia. Corría furioso con sus asistentes por no alertarlo de la situación. Lo que más le extrañaba, era que su asistente personal, Susana, siendo tan eficiente, no hubiera previsto esto o le hubiera advertido algo.

Las grandes zancadas lo dejaron en sólo segundos frente a la puerta del vagón principal. Se detuvo por un instante confundido y como si fuera el mágico poseedor de una mirada de rayos X, intentó mirar hacia el interior del vagón, sin resultado alguno. Su confusión se transformó en pánico con el siguiente pensamiento, *"el dueño de la compañía, por Dios, debe ser él, seguro que su personal de seguridad ya se encuentra en la estación"*. En un relámpago fugaz miró a sus costados y sólo vio a sus asistentes que se encontraban más pálidos y asustados que él. Se dio vuelta y con un gesto grandilocuente, los apartó de su vista, pero no había nadie, el andén estaba vacío.

Fue en ese instante en el que la puerta electrónica del vagón se abrió, el silbido característico de la despresurización le erizó los vellos de la nuca, lo hizo sentirse como el niño que al caer la no-

---

7 "Cuando se dé la señal por la voz del Arcángel, el propio Señor bajará del Cielo, al son de la trompeta divina" (1Ts. 4, 16)

che, le tiene miedo a su armario. Se dio vuelta tan abruptamente que el impulso lo dejó con un pie dentro del vagón ¡*Estaba vacío*! Su mente quedó atónita por la visión de vacío y soledad. *No lo entiendo*, se le escuchó decir, luego su corazón, que en cuestión de minutos había pasado por la desesperación, el furor y el horror, no lo soportó. Una neblina de congoja y agonía comenzó a cubrirlo por completo. Como en una tarde ardiente de verano el sopor fue ganándole a sus ojos que se entrecerraban sin oposición alguna. Una certeza acompañó la llegada de la inconsciencia. "*Es el fin, finalmente ha llegado*". Creyó sentir una suave brisa templada acariciándole su rostro y luego la nada. El viejo y fatigado corazón dio su último latido. Atrás quedaba una vida de penas y estrés, una eternidad de calamidades, nostalgias y desconciertos, sólo sobrellevados por una fuerza de voluntad inquebrantable.

Los asistentes nunca llegaron a reaccionar y el cuerpo del jefe de la estación central, cayó pesadamente sobre el duro pavimento del andén. Su cabeza hizo un sonido seco igual al de un coco que se parte por la mitad. Como en una mala película, carente de sentido, donde, para disimular la falta de un guión y darle continuidad, la escena se congela, nuestro cuadro se detiene, ridículo hasta lo profano. El tiempo se detuvo. Los sentidos se exacerban, la brisa cálida semeja al ardiente viento del desierto, los sonidos se vuelven más oscuros y penetrantes. Las leyes del espacio-tiempo se confirman y se caen a pedazos, hasta que aparece el héroe.

Susana, la más joven de los asistentes a quién los guardias habían advertido del suceso, venía corriendo para estar al lado de su amigo y jefe. Llegó a su lado una fracción de segundo más tarde de lo necesario. Rápidamente tomó su cabeza con ambas manos e intentó articular una palabra pero sólo se escuchó un lastimero gemido. Ella sintió como el líquido pegajoso y caliente bañaba sus tiernas manos de oficinista y sintió al horror apoderarse de su cuerpo; su mente le jugó una mala pasada y estremeció su ser, recordándole aquella fría madrugada de invierno, cuando al volver totalmente alcoholizada de una fiesta con sus amigos, empujó accidentalmente a su abuela, haciéndola caer pesadamente sobre el borde de un sillón victoriano. Aunque el incidente no pasó de un fuerte susto y un par de puntos de sutura, jamás dejó de pedirle perdón a la anciana. Ella sabe que al final de los días, hasta el más pequeño de sus actos será tomado en cuenta para el balance definitivo de su vida. El impacto en sus sentimientos fue tan fuerte que abandonó para siempre las fiestas de ese tipo y se dedicó por completo a cuidar a su abuela, hasta el día de su muerte.

La joven mujer miró con desesperación a sus compañeros buscando ayuda, pero lo único que encontró fue desconcierto masivo. Su cuerpo petrificado no respondía a sus pensamientos y sólo atinó a dejar caer un mar de lágrimas de dolor. Aquel que yacía en sus brazos, era como un padre; sus labios alcanzan a decir un nombre - ¡Pedro! ¡Pedro!- pero sólo un silencio abrumador le contestó. Miró el rostro entre sus manos, sin ser capaz de una reacción, mientras los recuerdos se desbocaban en su mente como caballos salvajes, su última charla, el último consejo, su primer encuentro... Lo conoció al regreso de una de sus tantas fiestas. Era un señor regordete que les causaba mucha gracia a ella y a sus amigos, de quién se burlaban constantemente y que, a pesar de ello, se convertiría en su guía y le daría una oportunidad en aquel trabajo a pesar de su loca juventud y sus escasos conocimientos.

- *Pedro*- así se presentó aquella mañana en la que virtualmente la adoptó, -*sólo Pedro*- sus manos cálidas tomaron las suyas y con un suave gesto, él la invitó a desayunar y antes de que ella pudiera contestar, ya estaba ofreciéndole un pañuelo, acercándolo a su rostro para limpiar el rimel enjuagado con lágrimas que bañaba su rostro.

Hablaron durante horas. Ella le contó cómo esa noche había perdido a la última persona a la que le importaba en el mundo y él le contó de cómo ella le recordaba a su hija Melisa, que había fallecido en un accidente, cómo él llamaba al crimen cometido contra su pequeña. Con el tiempo descubriría que el proceder de

Pedro, era una forma de rebelarse a su desgracia, arrebatándole almas jóvenes al destino y a los lobos que vagan en la noche amparados en la desidia de la sociedad, que pareciera protegerlos o justificarlos con mil alegatos médicos y filosóficos.

Pedro, le confesó que él esperaba el momento en que el Señor lo llamará para reunirse con su hija y que estaba convencido de que tenía que realizar alguna tarea importante para el Señor y que por eso todavía se encontraba aquí en la Tierra.

La brisa arremolinó la larga cabellera de Susana y crispó su piel. La sensación de desamparo creció y el frío de la soledad amortajó su corazón; sin atreverse a dar vuelta la cabeza, miró por el rabillo de su ojo y lo que vio, casi le robó la vida a su frágil cuerpo. La figura parecía robarse la luz y aunque el temor le impedía girar su cuello, pudo claramente ver a un hombre de mediana edad, totalmente ataviado de negro[8] que posaba sus manos en el corazón de su antiguo jefe, mientras pronunciaba unas palabras en un lenguaje conocido pero del que se le escapaba el significado.

En un esfuerzo demencial, giró su cabeza y lo siguió mientras este se paraba a su lado. Ahora sí pudo distinguir las alas negras que lo rodeaban, como protegiéndolo en un abrazo mortal. Aquel extraño hombre la miró y con una ternura infinita en sus ojos le dijo *"Pronto... aún no..."*. Ella en su mente juraría que el ser miró hacia el andén y realizó una reverencia. No pudo evitar seguir la dirección del extraño ser y fijó su vista en el andén. Allí vio al hombre de cabellera plateada, parado frente a la puerta de ingreso a la estación, que ella juraría después, la miró con infinito amor y le dijo *"Pronto... aún no..."*

Pedro, el bienamado jefe de la estación, se sintió lívido como hacía años no lo hacía. Miró para abajo y vio a Susana, llorando desconsoladamente mientras mantenía entre sus manos la cabeza de un señor regordete que le causaba cierta gracia. Le costó re-

8 El último enemigo que será vencido es la muerte, ya que Dios todo lo sometió bajo sus pies. C15:26 C15:27

conocerse, pero finalmente tuvo que aceptar que efectivamente, aquel que yacía en el piso era él. Quiso preguntar a sus asistentes qué había pasado, qué había salido mal, pero la mano que sujetaba la suya, le dio un suave tirón hacia adelante y un instante después se encontraban frente al hombre del andén, quien miró en su dirección y dijo: *el cuenco de las almas se ha secado*[9]. La mano que lo sujetaba lo soltó y sintió un calor reconfortante abrigar su alma, recién entonces se percató del ser íntegramente vestido de negro, que luego de oír estas palabras desapareció por arte de magia.

Pedro miró al hombre y preguntó -*¿ya es tiempo?*-, el hombre tomó su rostro con sus manos y le dio un beso en la frente y le dijo —*Sí, perdóname por hacerte esperar*- y dicho esto, Pedro, aquel que le causara cierta gracia a quien lo mirara, pasó a ser un recuerdo en el corazón de los que lo amaban.

Susana, depositó con ternura infinita la cabeza de Pedro en la acera del andén, por extraño que pareciera, se dio cuenta que no estaba desolada, como correspondería al momento, sino reconfortada y recordó vivamente el deseo de su amigo, de reunirse con su hija. Miró al cielo y una nueva lagrima corrió por su mejilla, pero esta vez era de felicidad.

Tal como era de esperarse, al fin y al cabo, había sido entrenada por Pedro, se levantó y se hizo cargo de la situación, comenzando a dar instrucciones a sus nuevos asistentes para resguardar el cuerpo sin vida del antiguo jefe de la estación. Nunca vio al hombre a su lado que, con el amor de un padre, le acariciaba el cabello.

---

9 El Hijo de David no vendrá más que cuando no queden ya almas en el GUF. Porque no contenderé para siempre, ni para siempre estaré enojado, porque no lo podría resistir el espíritu ni las almas que he creado (B. Av. Zar. 5a.)

Capítulo 2:

De cómo la estación recuerda al hombre

E l ser humano tiene una escasa visión del significado de la vida, nació y morirá así. Un error de omisión del Señor. La aseveración no trata de justificar, sólo de poner las cosas en perspectiva.

La estación, contuvo la respiración, los ojos se dirigieron sin saber por qué, en dirección a la gran puerta que daba al andén. Los sentidos sólo podían distinguir una luz enceguecedora. Inexplicablemente las personas se sintieron reconfortadas, aunque al mismo tiempo, temerosas; como el niño que se encuentra ante la severa y amorosa mirada de su padre, luego de una travesura. Múltiples arco iris, rompieron la monotonía reinante, al impactar los rayos de luz en los plateados y dorados decorados del gran salón, dejando atrapados en los cristales los colores de la vida.

Diego, que pertenecía al clan de los madrugadores, recordó a su hermana que había fallecido hacía muchos años, cuando él todavía era joven y, sin falsos pudores, se arrodilló y se le escuchó decir - *Padre nuestro que estás en los cielos...*-

Lucía miró con gran sorpresa a sus amigos los desamparados, que la acompañaban cada día desde que comenzara a trabajar en la gran estación. Sus caras reflejaban una felicidad desconocida, sus ojos brillaban de un modo especial. Estaba acostumbrada a ver gratitud en sus miradas, pero podía jurar que esto era amor, lo recordaba vívidamente de cuando hace años tocó su vida, cambiándola para siempre. Uno a uno, se fueron alejando de la mesa, para dirigirse hacia el salón central. Ella los llamó por sus nombres porque, por extraño que parezca, ellos tenían nombres propios. Intentó explicarles que la salida era hacia el otro lado, pero no encontró poder en sus palabras, sonaban a huecas y fuera de lugar y no entendía por qué.

Diego sintió que sus piernas habían dejado de pertenecerle, aunque hubiera querido no habría podido pararse. Allí, postrado en el salón de la gran estación central, sintió la necesidad de recordar, tuvo remembranzas de su niñez, vio a su hermana en el altar, asistió nuevamente al nacimiento de sus sobrinos. Las lágrimas, que al comienzo se negaban a salir, no pudieron resistirse y empaparon su rostro al recordar el velatorio de su hermana. *"Perra vida"* pensó y secó con rabia su rostro. *"Sobrinos, sí, yo tengo sobrinos y los extraño tanto"*. Con un gesto brusco golpeó su pecho como si se tratara de un mea culpa tardío, no miró hacia la luz que inundaba la entrada del andén, y que como un río desbocado arrasaba las sombras de la estación, sino hacia la salida. Contempló durante un segundo completo la majestuosa puerta de cristal, luego se puso de pie y sin más, se dirigió a la salida, tenía asuntos pendientes que atender. Seguro que en la oficina lo extrañarían y lo reprenderían por su actitud, pero ya nada importaba.

Los abandonados por la humanidad se arremolinaron, apretujándose en un rincón del salón central. Estaban en silencio pero conectados de alguna manera misteriosa. Lentamente y con la timidez de un niño, dirigieron sus pasos hacia el andén. Harapos que se desgarran por la fiereza del tiempo, zapatos carcomidos por el desgaste, cabelleras abandonadas para tapar las atrocidades del infortunio, ojos alucinados perdidos en la tristeza de la culpa, se arrastran paso a paso, latido a latido, avanzan, aunque sus corazones no les permiten respirar, no pueden parar.

María, la pordiosera de la calle 8, tomó la delantera y fue la primera en avanzar. Estiró los brazos como queriendo atrapar el mundo entre ellos. La miseria de tantos años fue quedando atrás; al principio dubitativamente y luego con mayor seguridad, avanzó y alentó a sus compañeros de desgracia a seguirla. A un costado de la puerta de cristal van quedando olvidados los viejos cacharros, contenedores de la locura y la agonía de tantos y de tan pocos. Ya no se sienten los depositarios de las miserias humanas y lo que sienten aunque ellos aún no lo comprendan, se llama perdón.

María ya no corre alocadamente de un lado para el otro, como hasta hace unas pocas horas atrás. Tampoco está arrastrando el carrito lleno de culpa. Avanza despacio, tironea a los otros para que la sigan, trata de encontrar las palabras para alentarlos pero ya están olvidadas en tantos años de dolor. Aprieta con fuerza el viejo relicario que cuelga celosamente de su cuello, con las fotos de sus hijos y toma fuerza para avanzar.

El loco Luis se detiene en seco y comienza a dar vueltas y vueltas, mientras aúlla un *No* desgarrador. El dulce néctar de la felicidad perdida, es un ácido veneno que vuelve a corroer sus entrañas. Se había escondido tan bien y tan sigilosamente de los recuerdos por tantos años. Se detiene de repente y su cuerpo se contorsiona de una manera grotesca, como si una mano invisible y gigantesca, quisiera estrujarlo, hasta sacar el veneno de su carne. Su rostro bañado por lágrimas de sal, queman su piel, desgarrándolo en vida. - *¡No! Por favor no, piedad Señor...*- se lo escucha gimotear. No hay sopor de alcohol para ahogar los pensamientos. De repente se levanta y como quién pide una limosna, suplica - *¡No! Por favor no, piedad Señor...* - Con mucho esfuerzo eleva un brazo y trata de tapar la luz que lo enceguece y comienza a retroceder, mientras grita su reclamo celestial - *¡Estoy pagando, por favor, ya no más!* - Y el loco Luis retrocede a los tropezones, mientras batallones de recuerdos invaden su mente, sus manos no alcanzan para tapar la luz. - *¡Perdón, perdón! ¡Ya no más, señor!* -, su cuerpo repta hacia la salida de la estación, mientras aúlla por una gota de olvido. Lejos en el pasado queda la imagen del arrogante jefe de pandillas, del soldado implacable de mil batallas, del desaprensivo jefe del narcotráfico. La imagen de abominable padre que le fuera otorgada por la sociedad parece una llaga viva, que resurge del pasado. Mil latigazos no se comparan al dolor lacerante de los recuerdos, los pequeños cuerpos desvaneciéndose en sus brazos, la locura y el alcohol. - *¡Ya no más... no merezco perdón... debo pagar, Señor!* - El loco Luis se levanta y huye hacia la puerta principal para perderse en el mundo de los pecados. Él, el rey de los pecadores, desciende hacia los infiernos por voluntad propia.

Los otros dudan, sus ojos no se pueden apartar del andén, no creen que puedan ser perdonados. La mujer al frente los incita a seguirla, pero, cómo seguir si no son merecedores, deben pagar hasta el final de los días, cuando el Señor los convoque para el juicio final. Primero unos pocos, luego todo el grupo se detiene, se acurruca, no tienen más valor para mirar hacía el andén. El pecho les quema, la respiración se les entrecorta y el aire que alimenta sus débiles pulmones parece desaparecer. Cómo podrían, si ellos mismos aún no se han perdonado.

María los ve quedarse y aprieta aún más fuerte su preciado relicario. Una lágrima corre por su mejilla. En su demencia entiende que debe seguir, vuelve a mirar hacía la puerta y deja que el sendero de los recuerdos que vuelven a su mente atormentada, le indique el camino. Paso a paso avanza, también está asustada como el resto, pero no puede detenerse. Hace tanto que no tiene nada. Su mano sangra de tan fuerte que aprieta su tesoro y el dolor físico, calma al otro. Con infinita ternura los mira por última vez y les sonríe como pidiéndoles perdón por abandonarlos, pero no puede quedarse, es una eternidad de soledad la que se aloja en su alma vencida. Avanza, paso a paso y llora por los que quedan atrás. Casi sin darse cuenta, llega hasta la puerta del andén. Está frente al hombre que toma su manos y le dice - *Madre, tus hijos te esperan* - Nunca más se volvió a ver a María corriendo a lo largo de la calle 8 o tirando de su carrito lleno de juguetes quemados, que cuidaba celosamente, pues eran de sus amados hijos, víctimas de la locura del amor, de la vida, del arrebato que nos hace tan humanos.

Cuando María atravesó la puerta, se sintió un coro desgarrador proveniente de los otros y luego se los vio correr desesperadamente hacia la puerta principal, para perderse para siempre en las entrañas de la ciudad.

Muchos empleados y algunos pasajeros de la gran estación de trenes, se sintieron confundidos por la caótica situación. Sienten temor por las actitudes de las personas que los rodean. Todos parecen estar fuera de sus cabales. Ellos también miran hacia el andén pero no encuentran nada especial en esa dirección, con excepción del tren plateado y, según su propia definición, un tren no es lo que se dice una nave espacial. El instinto de supervivencia los hace juntarse y elevan sus voces todos al mismo tiempo como hace algún tiempo, en la Torre de Babel.

Algunos se alocan un poco más que los demás, pues al fin y al cabo son hombres y mujeres hechos y derechos y no tienen por qué tolerar esta situación. Piden hablar de inmediato con el jefe de la estación y los guardias de seguridad, desbordados por los hechos, no saben cómo explicarles que Pedro ya no forma parte de este mundo, que abandonó su puesto en forma perentoria y definitiva, dejándolos a la deriva y al capricho de los eventos del día.

Otro grupo de personas concluye que el mundo está cada vez más loco y siguen con absoluta normalidad sus tareas habituales. Unos pocos tuvieron repentinamente la necesidad de comunicarse con sus afectos y otros, al igual que Diego, recordaron que tenían cosas más importantes que hacer que estar en la estación de trenes.

Sin derecho pero por mérito propio, Susana toma el control de la situación, tal cual lo hiciera hace unos instantes en el andén. El personal que la ha visto siempre al lado de Pedro, ni siquiera cuestiona. Necesitan urgente un líder, alguien que tome las riendas y les saque la pesada carga de tomar decisiones. Ella, mientras da las últimas indicaciones, no pudo evitar mirar hacia el andén. Estaba segura de haber visto la figura de un hombre parado en el medio de la puerta, pero sólo logró distinguir la luz del día que se abría paso hacia el interior de la gran estación.

El hombre, recién llegado a la ciudad, dio una amplia mirada al salón central de la gran estación y lo que vio le agradó. Las luces en los techos adornadas con artificios de cristal, se comienzan a apagar para dar lugar a la luz del nuevo día que baña la estación con múltiples arco iris. El olor a nogal, los vitrales que relatan la epopeya de la construcción del edificio y las pinturas que muestran la diversidad del pensamiento humano, le agradan, exaltan la inteligencia y la delicadeza del intelecto. Lo hace sentirse satisfecho y orgulloso, como el padre ante el logro del hijo.

Mira con desaprobación el tumulto frente a las oficinas administrativas y recuerda que esas son las cosas que no entiende. Su mejor hipótesis es que el temor los aguijonea hasta volverlos arrogantes. Sabe que no puede juzgarlos ya que él mismo tiene esas reacciones, "*de tal palo tal astilla*" piensa y esboza una sonrisa maravillado de la capacidad de las personas para explicar las cosas en forma sencilla, con frases como esta.

Detiene por un instante su mirada en el grupo que continúa con sus quehaceres y medita "*¡Ah, los indiferentes!*" Todo les viene bien excepto cuando se ven afectados a sí mismos. "*¡Hipócritas!*", siempre quejándose de sus desgracias y menospreciando la de los demás. Se pregunta "*¿cuántos serán salvos en el día del juicio final?*" y se contesta inmediatamente "*es una apuesta perdida, que no tiene caso hacer*".

El suave aroma de la cocina se abre paso hacia sus sentidos y se deja tentar, es una falta menor. Mira el comedor con cientos de mesas, pero no encuentra ninguna que esté ubicada en un lugar que le guste, así que se dirige a la barra. ¡Ah, la comida de Lucía! Es famosa en todo el universo, hasta en los nueve círculos del infierno y en las siete colinas del cielo. Seguramente hará pecar a unos cuantos de envidia cuando lo vean deleitarse con sus exquisitos platillos. Puede escuchar los susurros chismorreantes del cielo y el averno. Sencillamente envidiosos, piensa y muestra una sonrisa que inunda de picardía la gran estación.

Lucía corre sin saber muy bien por qué, en busca de sus mejores vajillas, las pule con esmero y apremio, luego se dirige a los estantes y escoge sus mejores panes, su mermelada de cerezas hecha con la receta de su abuela y finalmente una jarra con agua. Corre con la bandeja en su mano hasta llegar al mostrador de la barra. Allí un hombre de rostro conocido pero tan esquivo a la memoria, la espera. Se siente nerviosa y ruborizada como adolescente ante su primer amor.

Con premura y esmero limpia la barra. Comienza a servir sin atreverse a mirar el rostro del hombre. En ese momento ve y escucha a la niña que con dificultad intenta subirse al banquillo del bar. Es Alicia, mejor conocida por todos como Galahad[10], es una bella rubia huérfana que adoptó a la estación como su refugio personal.

La niña se la pasa todo el día corriendo de aquí para allá por el andén, conversando con todos, incluso con aquellos que ni siquiera la ven. Por las noches con gran valentía y picardía da cobijo a otros niños desamparados, alojándolos en los talleres, dentro de los vagones de carga. Obviamente todo sucede con la anuencia del personal de la estación, es su mayor y mejor secreto; admiran a esta niña que, con sólo 7 u 8 años, hace todo lo que ellos no se atreven, cambiar aunque más no sea por una noche el destino.

¡*Alicia*!... todos los días, hacia la medianoche, inexplicable y misteriosamente queda abierta alguna puerta y las cámaras de seguridad sufren desperfectos casi sobrenaturales. Si uno mira con detenimiento y determinación, verá como "ella" con una habilidad extraordinaria logra burlarse de la seguridad y llega hasta la cocina principal para tomar prestada comida, para sus huéspedes transitorios. Luego, como un general dirigiendo a su tropa, se la verá llevar a los niños hasta los baños para que se aseen y cam-

---

10 Sir Galahad, caballero Mesa Redonda del Rey Arturo, uno de los tres que alcanzaron el Grial. Es reconocido por su gallardía y pureza. Es quizás la encarnación caballeresca de Jesús en las leyendas artúricas.

bien o laven su ropa antes de ir a dormir, donde los arropará y les contará cuentos de fantasía a los más chiquitos para que al menos por una noche sueñen que el mundo no los ha abandonado.

Puedes creer y afirmar que se trata de complicidad, pero nosotros te podemos asegurar que se trata de magia, como esas bolsas con ropa de niño que siempre aparecen por "arte de magia" en su camino, alimentando su ego de "suertuda", ropa que por cierto ella guardará celosamente en los vagones a la espera de su nuevo dueño. La magia está tan presente en ella como en esos dos vagones que prematuramente fueron dados baja por Pedro, el ex jefe de la estación, o en esos guardias que, con gran recelo y cuidado, acrecentaron su campo de acción para brindarle protección las 24 horas del día. Como diría Pedro, *"pasan cosas muy extrañas en los alrededores y es necesario ampliar el presupuesto de seguridad para proteger los bienes de la compañía"*. Pura magia.

Como sea, Galahad saluda cortésmente al hombre, mientras abre sus brazos para darle un beso de buenos días a Lucía, por quien tiene fascinación, no sólo por los ricos y crujientes panes que prepara, sino porque todo en ella le recordaba a su madre. Luego, con gran elegancia le presentó al hombre, a su compañero José Luis, un niño de unos 10 años, autonombrado su guardaespaldas y apodado por el personal del lugar como Lancelot[11], apodo que por cierto adoptó como nombre propio.

Lucía, en un acto reflejo, tomó la bandeja de panes recién servida y se la ofreció a los niños. Cuando se dio cuenta de lo que había hecho, su rostro enrojeció y comenzó a pedir disculpas, aunque no sabía ni siquiera como debía hacerlo. El hombre la miró y le sonrió, a la vez que tomaba su mano entre las suyas. Con un gesto lleno de picardía, se llevó su dedo índice y señaló su boca en señal de silencio.

Galahad, con un pan en la mano, comenzó a hablarle al hombre, con la sencillez y ese desenfado que sólo los niños tienen. Le contó de su padres, de los otros niños, de José Luis, aunque

11 Lancelot, caballero Mesa Redonda de Arturo, amante y guardián de la reina Ginebra.

inmediatamente se rectificó llamándolo Lancelot. El hombre, la niña, su guardaespaldas y Lucía, se quedaron charlando en aquel rincón del bar durante horas. Finalmente Galahad concluyó la misma comentando que *"No era justo"* y cito textualmente *"que los niños sufrieran por los errores del destino, el hombre y el Creador"*.

El hombre exuda complacencia, sus ojos irradian satisfacción, para esto había venido. Con mucha ternura, tomó las manos de los niños y las juntó con las de Lucía. Un acto soberano y que no necesita explicación. Un mozo del lugar juraría luego que escucho al hombre decir - *Madre aquí están tus hijos; Hijos he aquí a vuestra madre*[12] -. Acto seguido les dio un beso en la frente a cada uno y se marchó hacia la gran ciudad. Una acción clara y franca del hombre recién llegado a la ciudad que, evidentemente, no sólo vino a ver, conocer, sentir y decidir, sino también a enmendar errores propios y ajenos, que explican las grandes cavilaciones que lo afligían en el viaje por tren.

---

12 *Estaban junto a la cruz de Jesús su madre, y la hermana de su madre, María mujer de Cleofas, y María Magdalena. Cuando vio Jesús a su madre, y al discípulo a quien él amaba, que estaba presente, dijo a su madre: Mujer, he ahí tu hijo. Después dijo al discípulo: He ahí tu madre. Y desde aquella hora el discípulo la recibió en su casa.* Juan 19:25-27

Capítulo 3:

La gran ciudad, una noche decepcionante

Para cuando el hombre atravesó la puerta principal de la estación hacia la ciudad, las personas que allí se encontraban olvidaron qué les había pasado y siguieron con sus vidas en forma normal. Sólo unos cuantos percibieron que esa mañana había sido especial, aunque no supieran el por qué, ni recordaran algo en particular. De seguro en su alma sabían que había sido un inicio diferente, que quizás cambiaría sus vidas y por eso fueron ellos mismos aunque sólo fuera por una vez y aunque ese momento sólo hubiera durado un minuto.

El hombre se paró un segundo eterno al borde de la soberbia escalinata y le dedicó una mirada a vuelo de pájaro a la ciudad, los grandes edificios, los parques, las calles, sus iglesias. El tiempo se detuvo por completo mientras él admiraba fascinado las colosales obras de los hombres. El brillo en sus ojos delató su complacencia.

De frente y al fondo, el cielo se mostró de un negro presagio, vociferando truenos y relámpagos, en claro desacuerdo con el destino por devenir. Hacia el oeste, se mostraba de un rojo naranja furioso, como un grito de ira contenida a punto de estallar. En el este, la cosa no estaba mucho mejor, un gris ceniza lo cubría todo, como anunciando una gran tormenta de polvo y agua. Muy diferente del cielo sobre sus cabezas que mostraba un día diáfano, de júbilo. El horizonte amenazaba a la gran ciudad.

Al llegar a la vereda, un vendedor que ofrecía frutas a viva voz, se acercó velozmente al verlo. Era tragicómico ver la desesperación con la que intentaba limpiar sus manos, aseándolas en el delantal. Con la única mano que le quedaba libre, sacó un pañuelo y lo refregó por su cara hasta que esta quedó roja por el esfuerzo en limpiarla. Luego, con gran humildad se aproximó pidiéndole disculpas y le obsequió una canasta de manzanas. Con gestos rudimentarios, Juan, que así se llamaba el vendedor ambulante, se persignó y con la vista siempre dirigida al piso, le dijo - *Su bendición, Padre* -. Los otros vendedores que estaban en el lugar, al ver la escena comenzaron a murmurar y luego lanzaron sendas carcajadas. No entendían por qué Juan hacía aquello pero definitivamente era gracioso.

El hombre tomó una manzana, puso la canasta sobre el suelo y la partió a la mitad delante de Juan, que se hallaba congelado en aquella extraña posición de sumisión, como la que había tenido toda su vida, esperando una oportunidad, un milagro. La mano que le ofrecía una mitad de manzana rozó su barbilla obligándolo a levantar la vista. El horror se dibujó en los ojos de Juan y dijo - *No Señor, no puedo, no debo* -. Trató de mantener sus ojos cerrados con fuerza pero el hombre tocó su mejilla y le dijo - *Juan, comparte mi manzana* -. El pobre Juan tomó tembloroso la manzana, tratando de ni siquiera rozar la mano del hombre. Trató de emitir una queja diciendo - *Pero Señor…* -. El hombre le dijo entonces -*Juan, quiero que me muestres la ciudad*-. Acto seguido con la suavidad que lo había caracterizado hasta el momento, se agachó, tomó la canasta, la arrulló entre sus brazos y comenzó a caminar hacia la ciudad. Juan se puso a su lado y se fue con el hombre, dejando su puesto abandonado ante el estupor y las burlas de sus compañeros.

Juan no tenía idea de qué era lo que se esperaba de él o qué era lo que debía hacer. Quiso preguntar pero el hombre lo calló con una pregunta - *¿Tu madre sigue grave?*- Juan se apresuró a contestar que sí y sin darse cuenta comenzó a conversar, explicándole al hombre como sufría la que le diera la vida, de los años de lucha y sacrificios que había hecho ella para poder mantenerlos lejos de los problemas y la calle. Le contó del desvelo y los trabajos extenuantes para llevar un plato de comida al hogar, donde Juan y su hermano vivían. Le habló de la vida resignada por ella para que ellos no olvidaran nunca a su padre ni tuvieran quien los maltrate.

Las cuadras pasaban y Juan hablaba sin parar, mientras el hombre escuchaba atenta y diligentemente. Le contó de sus travesuras de chico y los juegos con su hermano, quién ahora estaba trabajando en otro pueblo, porque en la gran ciudad no había oportunidades. Habló y habló, mientras las calles pasaban sin que él se diera cuenta, sintiera vergüenza, hambre o cansancio. Juan estaba feliz.

Para cuando Juan detuvo su parloteo incesante, sus pasos los habían llevado frente a la puerta de la majestuosa catedral de la ciudad. Juan había relatado todos los capítulos importantes de su vida, la felicidad que tuvo cuando fue padre, de la buena fortuna que tuvo al encontrar a su esposa y de cómo los años a pesar de la pobreza habían sido benévolos con ellos. En la canasta aún quedaban tres manzanas. El hombre guardó una en el bolsillo de su saco, las otras dos las compartió con Juan, mientras lo invitaba a tomar asiento en la escalinata de la catedral, a la vez que le devolvía la canasta.

A la distancia se veía la gran estación, al fin y al cabo, la avenida salía directamente de ella y finalizaba en la iglesia. El hombre señaló hacía uno de los edificios y le comenzó a explicar a Juan que representaban y la necesidad de los hombres por creer en algo, aunque sólo se tratara de una mascarada, ya que los seres humanos habían perdido la capacidad de la fe. Le explicó con sencillas palabras, sin parábolas o demagogia, como nos habíamos vuelto egoístas, seres incapaces de creer en otra cosa que no fuera lo tangible. La fe, el amor, los sentimientos, el honor, la lealtad, fueron desterrados y reemplazados por lo material, el oportunismo, lo conveniente y tantas otras palabras carentes de sentido y relevancia a la hora del juicio final.

Juan, en un arrebato de locura porque otra cosa no pudo haber sido, olvidándose de su situación y de la situación, contraatacó con vehemencia, defendió las creencias, le dijo al hombre que las personas aún creían en Dios, cada uno a su manera, con diferentes nombres y diferentes matices. Le habló de cómo, en cada una de las iglesias de diferente credo que ocupaban la avenida, se cuidaba a los enfermos y a los desposeídos. Le contó de cómo su madre le había inculcado, a él y a su hermano, los valores de la decencia, el esfuerzo y el perdón. Habló de las personas que él personalmente conocía y que nunca habían realizado mal alguno. Cuando ya no tuvo más argumentos que expresar, finalizó diciendo que - *Si el hombre hubiera perdido su humanidad, el Señor ya habría venido, hace tiempo, a juzgar a los vivos y a los muertos*[13]-. Cuando al fin la cordura regresó a Juan, ya era demasiado tarde. Sólo atinó a morderse los labios y agachar la cabeza en señal de arrepentimiento por su actitud, dejándose caer pesadamente sobre la escalinata.

El hombre encolerizado se puso de pie, con el rostro furioso de un padre que se da cuenta que su hijo aún no ha aprendido la lección, tomó a Juan por un brazo y le dijo - *¡Acompáñame!* -. Acto seguido iniciaron el camino inverso, de regreso a la gran estación.

En otras ciudades, en los alrededores de las estaciones, se pueden encontrar todo tipo de comercios, legales y de los que no lo son. Conviven desde un carrito de comida hasta un hotel barato por hora y en sus veredas coexisten el policía y el delincuente. Las ofertas van desde una prenda barata hasta sexo barato, migajas de amor por unas monedas. Todos placebos y trampas para los miles de inocentes que llegan a diario por las caudalosas vías del tren.

En nuestra ciudad, los grandes gurúes de la espiritualidad, se dieron cuenta del potencial que se estaban perdiendo al no sacarle provecho a la gran estación y utilizaron sus influencias y dinero para ir adquiriendo todos los terrenos que se encontraban sobre

---

13 Y vi a los muertos, grandes y pequeños, de pie ante Dios; y los libros fueron abiertos, y otro libro fue abierto, el cual es el libro de la vida; y fueron juzgados los muertos por las cosas que estaban escritas en los libros, según sus obras. Apocalipsis 20.12

la avenida. Mil credos[14] se encuentran representados y compiten ferozmente a diario por el rebaño. Al principio y con un poco de sorna, la gente le puso un sobrenombre a la avenida, "Purgatorio", el lugar al que ninguno quiere ir, pero, para el que todos tenemos un boleto asignado. Con el tiempo un gentil líder de la comunidad al que su buen juicio lo había abandonado, lo propuso como nombre oficial y así, para ingresar o salir de nuestra ciudad se debe pasar primero por el Purgatorio.

Los pasos del hombre eran enérgicos. Al llegar frente a los edificios, se detenía, tomaba a Juan del antebrazo e indicándole el templo para que prestara atención, como si del erudito más grande mundo se tratara, comenzaba a explicarle los fundamentos y el nacimiento de esa vertiente de la religión, a quienes representaba y el nombre del Dios al que dirigían sus rezos a diario. Juan escuchaba diligentemente asintiendo ante cada aseveración y justo cuando comenzaba a inflar su pecho orgulloso de aquellas palabras con las que había defendido a los seres humanos, el hombre comenzaba a mostrarle la realidad de la práctica. Hablaron del Judaísmo, el Budismo, el Cristianismo, de Apostólicos y Ortodoxos, sin olvidarse del Islam, el Hinduismo o el Shintoísmo, incluso hablaron de las vertientes dentro de las vertientes, como los Evangélicos o los Mormones, esto sólo por darte una muestra de su conversación, ya que como te dijimos anteriormente, en nuestra ciudad reposan los principios de mil religiones,

---

14 Juan... Yo estaba en el Espíritu en el día del Señor, y oí detrás de mí una gran voz como de trompeta, que decía: Yo soy el Alfa y la Omega, el primero y el último. Escribe en un libro lo que ves, y envíalo a las siete iglesias que están en Asia: a Efeso, Esmirna, Pérgamo, Tiatira, Sardis, Filadelfia y Laodicea. Y me volví para ver la voz que hablaba conmigo; y vuelto, vi siete candeleros de oro, y en medio de los siete candeleros, a uno semejante al Hijo del Hombre, vestido de una ropa que llegaba hasta los pies, y ceñido por el pecho con un cinto de oro. Su cabeza y sus cabellos eran blancos como blanca lana, como nieve; sus ojos como llama de fuego; y sus pies semejantes al bronce bruñido, refulgente como en un horno; y su voz como estruendo de muchas aguas. Tenía en su diestra siete estrellas; de su boca salía una espada aguda de dos filos; y su rostro era como el sol cuando resplandece en su fuerza G1:10... 1:16

sectas y filosofías.

El hombre le habló con severidad de la costumbre de los sacerdotes o guías espirituales, de cómo comenzaban su vida con devoción y luego se perdían en la codicia, la injuria y el egoísmo. También le explicó cómo aquello que decían sus bocas era destazado cual carnicero por sus acciones y que eso que escribían con sus manos era borrado con sus codos. Le mostró la gula de aquellos que debían guiar por los placeres que pregonaban prohibidos. Juan fue de sobresalto en sobresalto, la voz del hombre parecía retumbar en su cráneo, y hasta el cielo parecía acompañar el humor del hombre. Cada palabra era como un rayo que partía su cerebro pero a la vez abría su mente, lo llenaba de un conocimiento más allá de su comprensión. Al cabo de un tiempo y ya de vuelta frente a la colosal estación de trenes, el hombre tomó con sus manos el rostro de Juan y le dio un beso amorosamente paternal en la frente y le susurro al oído... -*recuerda que si alguno se cree religioso entre vosotros, y no refrena su lengua, sino que se engaña en su corazón, la religión de tal es vana, no olvides los santos evangelios*[15]- y diciendo esto se dio vuelta y comenzó de nuevo a recorrer el Purgatorio. Cuando hubo dado unos pasos, se detuvo como quien acaba de recordar algo importante. Giró, miró a Juan y le dijo...
- *Quizás lo que mata a tu madre sea la ciudad y tal vez ese campo de tu tío Julio sea lo que ella necesita para poner su alma en orden. Deberías pensarlo seriamente* -. Diciendo esto, el hombre retomó su marcha hacia la catedral de la ciudad.

Hacia el atardecer el hombre llegó ante las escalinatas de la catedral, se detuvo un momento como quien toma un respiro o se da aliento para enfrentar una tarea difícil, y comenzó a subir los escalones uno a uno, con total tranquilidad. Las campanas comenzaron a sonar llamando a los feligreses a la Misa de Gallo. El hombre fue tentado por la curiosidad, se detuvo al lado de la entrada y se quedó allí, mirando a la gente que llegaba al lugar.

Un joven sacerdote invitaba a los feligreses a ingresar a orar y

---

15 Santiago 1:26

su poder de convocatoria era notable: ricos, pobres, hombres de negocios, adolescentes, hombres y mujeres acudieron con prisa al llamado del sacerdote.

El último en arribar fue un mendigo, quien al pie de la gran escalinata, compuso lo mejor que pudo su atuendo andrajoso. Con las manos cubiertas por un desgastado y sucio par de guantes, intentó acicalar su pelo mientras con el reverso de los guantes limpiaba su rostro. Ya satisfecho por su apariencia se atrevió a pisar los escalones, mientras el joven eclesiástico lo animaba a avanzar.

Fue en ese momento que la naturaleza humana nos volvió a traicionar. En la puerta apareció un hombre viejo que lucía la sagrada e inmaculada vestidura que todo sacerdote utiliza para dar la misa. Con gesto adusto se acercó al joven y le recriminó algo al oído, a la vez que señalaba con su mirada al mendigo. La tristeza en la mirada de aquel que aún era puro, no se hizo esperar y con gran dolor reconociendo la jerarquía de quien le había llamado la atención, se dirigió al encuentro del indigente, al que con bellas palabras de engaño y aprovechándose de sus necesidades más básicas, invito a ingresar al templo por una puerta al costado del edificio, destinada a la servidumbre de la casa de Dios.

Aquel hombre que había llegado con la madrugada en el tren a la ciudad, observó todo el cuadro tomando nota mental de ello. Cuando lo consideró prudente, ingresó al templo. De más está decir que la majestuosidad del edificio extasiaba los sentidos. Definitivamente al ingresar, uno sentía que se estaba transportando a otro mundo, era como estar en la antesala de las puertas del Edén. Las 101 campanas sonaban semejando el canto de los ángeles según lo quiso la mano de su amo, pensadas como un humilde homenaje al Dios de todos. Hoy su realidad parece gritar un desafío a los cielos. Sus cúpulas y torres se alzaban hasta entremezclarse con las nubes y en sus techos se encuentra escenificada la lucha entre el bien y el mal, con inmaculadas imágenes de ángeles y arcángeles enfrentados por la eternidad con paganas figuras de gárgolas y demonios. Como en un cuadro detenido del tiempo, en el centro de ese escenario apocalíptico se puede ver una extraña escultura de un hombre común y una bella mujer acuclillados, abrazados, formando un escudo que protege a un pequeño niño. Ningún experto ha logrado descifrar hasta el día de hoy su significado.

Si uno mira desde la vereda hacia las cúspides del templo podrá apreciar cómo sus constructores, mediante artificios de ingeniería, lograron capturar la luz y convertirla en un elemento vivo que tiñe la escena de un rojo vino que, mezclado con las nubes y el smog, dan la impresión a la vista de una gran batalla celestial librándose en la gran catedral. Como ya habíamos dicho, siempre nos destacamos por hacer las cosas a lo grande, de una magnificencia tal que opacamos y desterramos la simpleza de la mediocridad, dejándola como un regalo misericordioso para el resto de la humanidad. Sí, esta es nuestra ciudad.

El hombre ensimismado en sus pensamientos, disfrutaba con júbilo de todo lo que veía. Se sentía orgulloso de que el ingenio y creatividad de las personas fueran tan bien utilizados. Apenas atravesó las puertas una legión de ángeles finamente esculpidos en materiales tan dispares como la madera o el mármol, lo invitaban a pasar hacia el interior del templo. No pudo menos que soltar una exclamación de satisfacción cuando vio el interior: La cúpula de la nave principal estaba completamente cubierta con pinturas que representaban la creación, gigantescos vitrales enunciaban los nueve[16] estadios de la vida de Jesús y directamente sobre el altar se encontraba una representación de Jehová, que capturaba aún en este momento del día, toda la luz que provenía del cielo bendito que, por cierto, se oscurecía prontamente como un negro presagio.

La madera y los metales exquisitamente trabajados a mano

---

16 1) Nacimiento (Belén + huida a Egipto); 2) 12 años habla en el templo (Egipto); 3) Bautismo (Río Jordán + la tentación); 4) Milagros (tres milagros); 5) Elige a sus Discípulos (un milagro); 6) Mesías Predicador (diecinueve milagros); 7) Traición Judas (cena + monte de lo Olivos); 8) Prisión (Encarcelamiento + tortura); y 9) Muerte (crucifixión y resurrección)

por miles de fieles, completaban una digna y magnífica ofrenda al Señor. El hombre se sentía extasiado, quizás hasta incrédulo del amor que hizo falta para construir tan bella demostración de devoción. Por un segundo estuvo tentado de retirarse y decir *"Vine y vi., el amor es infinito y el perdón inconmensurable"*, pero tal vez porque el destino así estaba escrito, prestó atención a los feligreses que oraban a viva voz, a pesar del cansancio de la vida y las vicisitudes de la fe.

En las últimas butacas, un grupo de adolescentes, ataviados con ropa extravagante y desprejuiciada, se relataban entre ellos, vanagloriándose, como habían logrado escapar de una redada policial por una pelea entre grupos antagónicos. Hablaban de proezas, orgullo y respeto, como si conocieran el significado de esas palabras. Con total naturalidad hablaban de sus partes íntimas, no como un insulto o una referencia mórbida, sino como si esas palabras fueran el pegamento de la conversación. Si uno no los observara detenidamente, confundiría hombres y mujeres por el lenguaje tan similar. Sólo el tono de su voz delataba su género. Debido a la situación por la que acababan de pasar y quizás incentivados por el lugar, nada excita más que lo prohibido o lo moralmente inapropiado, algunos de ellos demostraban un grado de excitación y exaltación para nada acorde con el lugar santo en el que se encontraban.

El hombre los miraba absorto, intentando darle a las imágenes y sonidos, una coherencia y un sentido que no lo tienen. Por momentos parecía aturdido y aunque entendía la rebeldía de la adolescencia, aquello superaba sus límites más extremos. No era esto lo que había venido a buscar. Estas eran las cosas que daban la razón a los detractores de la humanidad. Lo que empezó como incredulidad, había sufrido una metamorfosis hacia la ira, pura, simple e iracunda ira. Cuando estaba a punto de poner orden sobre el caos, sintió la voz fuerte y dominante de un sacerdote de la iglesia quien, advertido de la presencia de los jóvenes, ha venido a correrlos del santo lugar.

Los muchachos y chicas se retiraron del lugar en medio de burlas y alaridos de desafío a la autoridad del cura. Corrieron las butacas de su lugar y esparcieron por el piso el agua bendita de una fuente. Al pasar junto al hombre, lo rodearon y se jactaron de la plenitud de su vida frente a la de los presentes. Lo empujaron para demostrar la vitalidad que los invadía y lo desafiaron a reaccionar en honor a la adrenalina que nutría sus venas.

Dos veces el hombre levantó su mano en señal de autoridad por llegar y dos veces la bajó, resignado, como quién ha comprendido que ha empezado a perder una apuesta de fe. El sacerdote del lugar, un hombre como de 50 años, se acercó rápidamente hasta tomarlo del brazo en un intento de calmarlo y alejarlo de problemas, con voz suave y firme a la vez, le dijo - *Son buenos chicos, sólo que a veces se atontan con sus propios pensamientos*-. Dicho esto invitó al hombre a participar de la misa, ofreciéndole un lugar entre los feligreses allí congregados.

El hombre avanzó venciendo su desconcierto, mientras echaba una última mirada en dirección de los jóvenes. *Allí no hay buenos chicos*, piensa, *sólo veo madres solteras, abusadores, proxenetas, vividores, delincuentes y prostitutas. Tal vez, uno o dos, logren cambiar su destino, pero el resto ya eligió su camino. Si tan solo tuvieran la capacidad para darse cuenta de que los pecados de juventud se pagan toda una vida.* No soltó una lágrima por tan triste visión, sino que apretó con fuerza el puño como queriendo aplastar la frustración, la soledad y la tristeza que caerán sobre sus cabezas.

A su izquierda una mujer golpeaba rítmicamente su pecho al son de una plegaria que repetía incansablemente - *Por mi culpa, por mi gran culpa*-, como si de tanto repetirlo, se fuera a producir ese milagro que adormecerá su pena o acallará su conciencia. El hombre la observaba detenidamente, su atuendo, fina y delicadamente seleccionado, estaba preparado para impactar a quién se fije en ella. Su rostro se encontraba oculto de miradas indiscretas tras un manto de colores que semejan una máscara de carnaval veneciano. Su mirada curiosa despertó rápidamente ese sexto sentido que tienen las mujeres, haciendo que ella también lo mirase.

Ese breve instante, ese cruce de miradas, le bastó al hombre para correr el velo que resguarda esa alma torturada. Vio la lujuria ahogando en vanidad a la decencia, al egoísmo y el desapego apuñalando el corazón de una madre, vio cómo la falta de ese tan natural instinto de maternidad que caracteriza a las mujeres había creado huérfanos de amor. La ira que lo invadía no le permitía seguir mirando ese rostro sin tomar acción, por lo que desvió la mirada hacia otro lado, cerrando los puños hasta sacar sangre de la palma de sus manos para calmarse.

Esta vez fue un hombre mayor, ubicado a su derecha, lo que llamó su atención. Lo vio llorar en silencio, con gran congoja, estrujaba permanentemente sus manos, como queriendo exprimirle los recuerdos de la piel acariciada. Si uno prestara oído, escucharía su reclamo al cielo, en tono dolido, murmurando - *Por qué me dejaste sólo*-, no un "te quiero" o un "te voy a extrañar" sino una miserable queja por su situación actual. No había arrepentimiento por lo que no supo dar y tomó sin miramientos. Sólo largas noches de soledad supo brindar como pago por la devoción y el amor. El hombre lo miró y desenmarañó la telaraña que justificaba su proceder. El viejo, aún habiéndolo perdido todo, sólo tenía excusas sin sentido, amparadas tras un "me equivoqué" o un "lo siento", como si esas simples palabras, pudieran acallar el sufrimiento y el dolor ocasionado. El hombre lo miró con lástima y en una brisa gélida de invierno le susurra al oído, - *Pocos comprenden que el peor de todos los pecados, es haber sido amado y no haber correspondido, por desgracia se paga con lágrimas de sal en la tierra y el purgatorio en el cielo*-.

El hombre rápidamente abandonó tan triste ser humano, para concentrarse entonces en un hombre joven, como de unos cuarenta años, al que oyó suplicando asistencia divina. Pedía ayuda a los ángeles y los arcángeles, prácticamente gritaba su derecho a ser asistido, mientras otro hombre a su lado con mirada de buitre, le repetía constantemente - *No hay nada que hacer, vendrán por ti.*- La escena parecía detenida en el tiempo. Era como ver a un caído haciendo su trabajo de perdición. Finalmente el de la mirada de carroñero, se alejó nervioso y a los tropezones del lugar, tratando de ponerse a salvo mientras se oían las sirenas de la policía acercándose. El hombre joven, en la iglesia, ya no se sentía dueño del poder que lo acompañaba en la mañana.

Para este triste ser humano, acorralado, tampoco había un elixir que ofrezca un escape de la realidad. La osadía convertida en homicidio, el oportunismo en favores, la hombría en sodomía y violación, ni el poder convertido en idolatría, lo podrán ayudar en su caída al séptimo infierno.

El hombre con rabia y desolación fue mirando uno por uno a los presentes y sólo vio miseria humana, personas que se golpeaban el pecho, reclamando perdón para volver a cometer el mismo acto perjuro que los llevó a estar allí. Rebuscaba entre ellos tratando de hallar al menos un alma[17] que se encontrara por devoción, por un pecado menor aunque más no sea. Pero, por cada rostro, encontraba un nuevo desafío a las leyes naturales y

---

17 Se acercó Abraham al Señor y le dijo: "¿Así que vas a borrar al justo con el malvado? Tal vez haya cincuenta justos en la ciudad. ¿Es que vas a borrarlos, y no perdonarás a aquel lugar por los cincuenta justos que hay dentro? Tú no puedes hacer tal cosa: dejar morir al justo con el malvado, y que corran parejos el uno con el otro. Tú no puedes. El juez de toda la tierra, ¿va a fallar una injusticia?" Dijo el Señor: "Si encuentro en Sodoma a cincuenta justos en la ciudad perdonaré a todo el lugar por amor de aquéllos". Replicó Abraham: "¡Mira que soy atrevido de interpelar a mi Señor, yo que soy polvo y ceniza! Supón que los cincuenta justos fallen por cinco. ¿Destruirías por los cinco a toda la ciudad?" Dijo: "No la destruiré, si encuentro allí a 45." Insistió todavía: "Supón que se encuentran allí cuarenta." Respondió: "Tampoco lo haría, en atención de esos cuarenta." Insistió: "No se enfade mi Señor si le digo: "Tal vez se encuentren allí treinta". Respondió: "No lo haré si encuentro allí a esos treinta." Le dijo. "¡Cuidado que soy atrevido de interpelar a mi Señor! ¿Y si se hallaran allí veinte?" Respondió: "Tampoco haría destrucción en gracia de los veinte." Insistió: "Vaya, no se enfade mi Señor, que ya sólo hablaré esta vez: ¿Y si se encuentran allí diez?" Dijo: "Tampoco haría destrucción, en gracia de los diez." Partió el Señor así que hubo acabado de conversar con Abraham, y éste se volvió a su lugar. G 18:23…18:33.

de Dios. Lo horrorizaba ver como todos creían ser merecedores del "perdón divino" con tan sólo golpearse el pecho y gemir un "perdón" entre dientes. No podía dar crédito a tanta barbarie. ¿Cómo entender que aquello que fuera impensable, por conveniencia de los más pecadores se haya vuelto "normal" o justificable?

Estaba seguro, que tal afrenta no se vio ni siquiera en tiempos de Sodoma y Gomorra. Profundamente decepcionado, olvidó su cometido y abandonó aquel lugar corrompido por la modernidad y el permisionismo. Palabras como "a todos nos puede pasar...", "mejor no juzgar...", "es natural...", "si Dios no lo hubiera querido...", golpeaban en sus sienes como martillos alejando todo rastro de piedad o comprensión. Su ira crecía en un modo desmedido. Mareado llegó hasta la puerta de la catedral, respiró una bocanada de aire, miró hacia el cielo durante un instante que pareció una eternidad e inició el camino de regreso hacia la estación.

En otro lugar de la ciudad, allá entre las montañas del oeste, una alarma se disparó dando el alerta. Las pantallas se encendieron en un arco iris titilante. Los técnicos del Instituto de Ciencias, iban de puesto en puesto, gritando su desconcierto. El gran salón que minutos antes estuviera sumido en la calma de lo cotidiano, ahora estaba lleno de personas, que piden razones y responsables. El caos dominaba la escena. Los monitores enloquecidos, mostraban miles de puntos luminosos, en ruta de colisión. Los teléfonos se sumaban a la histeria colectiva. Mentes brillantes a lo largo del mundo, intentaban comprender las noticias ¿qué es eso que está rompiendo con las reglas del universo? Las teorías quedaron desechas en el piso, el conocimiento anulado por la realidad A medida que pasaban los minutos, la resignación comenzó a dominar la escena. Ya no tenía sentido correr.

De entre medio del tumulto de almas, una se levantó, miró las gigantescas pantallas y en derredor, y salió sigilosamente fuera de la habitación. Cuando llegó a la azotea del edificio, su instinto lo llevó a mirar el cielo. Aunque nunca creyó que llegaría el día, este había llegado y estaba aquí golpeando a las puertas de la realidad. Prendió un cigarrillo para calmarse un poco, respiró hondo, extrajo su celular y dijo "Señor, está confirmado, el día ha llegado, ha comenzado". Luego se sentó en el borde de la terraza y comenzó a llorar.

Algunos te dirán que cuando el hombre salió de la catedral y miró al cielo, una luz brillante cayó a tierra, que un ser alado, ataviado con armadura brillante se arrodilló ante el hombre, tal vez un ángel. Lo cierto es que a medida que el hombre se alejaba rumbo a la estación, una extraña lluvia de meteoritos arrasó con los templos de Purgatorio. Algunos te contarán historias de un cielo teñido de llamas, te hablarán de cientos de seres extraños que, con total parsimonia y frialdad, atacaron a la ciudad y sus habitantes, sin perdonar niños o ancianos, un verdadero pandemónium de destrucción fría y calculadora. Jamás tierra alguna en el planeta había sufrido tal atroz y vil injuria. Un genocidio sólo conocido en los libros[18].

Sobre la medianoche los noticieros darían cuenta del extraño suceso y de las miles de víctimas que quedaron sepultadas bajo los escombros, carbonizadas como si el mismísimo infierno se hubiera apoderado de sus cuerpos, quemando sus almas hasta convertirlas en cenizas. Fue el día en el que el Génesis dejó de ser una especulación para volverse una realidad de dolor incurable, imposible de racionalizar.

---

18 Entonces el Señor hizo que cayera del cielo una lluvia de fuego y azufre sobre Sodoma y Gomorra. Así destruyó a esas ciudades y a todos sus habitantes, junto con toda la llanura y la vegetación del suelo". (Génesis 19:24-25)

Capítulo 4:

El concilio de los inocentes

En las colinas al sur, en las afueras de la ciudad, el gobernador se encontraba junto a las personalidades más influyentes de Edén en una cena de caridad donde, como postre se juntaba dinero y aliados para la próxima campaña electoral. Un murmullo creciente lo llevó a mirar en dirección a la ciudad a través de los grandes ventanales que daban al jardín. Un repentino espectáculo de luces ardientes que caían del cielo y encendían la noche en racimos de dorados hilos, lo dejaron estupefacto. La escena era de una magnificencia desconocida e inesperada. Como el resto de los presentes, tardó un poco en reaccionar y darse cuenta que aquellas bolas de fuego eran meteoritos y que tenían como blanco la ciudad.

El caos se apoderó del lugar, las mujeres gritaban y corrían con el rumbo perdido, los hombres con un sentido de supervivencia más ejercitado, recurrieron al arma más moderna de estos tiempos, el celular. Con él tratan de controlar la situación, vociferando órdenes y buscando a sus seres queridos de un modo histérico. Vestidos costosos y trajes de Armani, dinero y poder, todo en vano.

En Purgatorio, donde las personas se encontraban concentradas limpiando sus almas, haciendo uso terapéutico de las instalaciones para acallar su conciencia, el evento simplemente llegó.

No hubo alarmas o alertas, solamente una primera y gran explosión, luego todo fue una pesadilla de horror, donde la carne dejó de ser inmaculada para corromperse con el polvo, el humo y las cenizas.

Para la medianoche, cientos de personas habían perdido la vida sin una razón aparente. De nada sirve que ataque tus sentidos contándote las escenas de dolor, las llamas, la destrucción, todo eso lo sabes o al menos lo imaginas.

La parca trabajó horas extras aquella noche. Muchos te dirán que la vieron sesgando almas por decenas, no una ni dos, sino como gotas tiene la lluvia. Hasta quizás escuches una fábula urbana que habla de un tren que recoge las almas perdidas, que puso un servicio extra para cubrir las necesidades del momento. Si prestas atención a los locos, te dirán que vieron cientos de ángeles arrojando con sus propias manos aquellas bolas de fuego, como en un aquelarre demoníaco.

El alcalde perdió a su pequeña hija aquella noche, que se encontraba junto a la hija del gobernador y sus respectivas madres ultimando detalles de la misa de Acción de Gracias que darían ese domingo para celebrar la llegada de los dulces quince de ambas jóvenes. Su dolor sin igual desató su locura. Primero ordenó a la policía allanar todos los lugares donde pudieran esconderse los malhechores habituales. Como eso no dio resultados, acudió al gobernador y lo contagió de insensatez. Juntos llamaron a la Gendarmería y pusieron a la ciudad en estado de sitio. Al sufrimiento y el horror que vivía la ciudad se le sumó la locura insana de un padre poderoso destruido por el tormento y la incertidumbre. Las cárceles se llenaron de prisioneros. Las salas de interrogatorios rebalsaron de sangre inocente y los que trataron de rebelarse o escapar perdieron su vida, en un sin sentido total.

Las sirenas clamaron su horror al cielo durante toda la noche, incluso durante las primeras horas de la mañana siguiente. Ante tal cuadro de desolación, se les prohibió a los rescatistas ingresar más de una vez a Purgatorio, sin embargo hubo que lamentar algún suicidio. La ciudad ya no será la misma luego de esta noche de desesperanza. La gente se reunió en las plazas a rezar según sus credos, en una sola oración. Otros vaciaron sus alacenas para dar de comer a los miles y miles que, unidos por la desesperación, elevaban su clamor a Dios en busca de consuelo. La histeria masiva hizo que algunos se autoflagelaran públicamente pidiendo perdón por algo que ni tenían idea que habían hecho. Sin embargo sólo el silencio les respondió.

En la mañana, el hombre salió de la estación y se paró al borde de las escalinatas. Frente a sus ojos había un espectáculo dantesco: la ciudad parecía haber sido bombardeada, víctima de una ira desenfrenada e irracional. Los edificios se encontraban derrumbados hasta sus cimientos y de las ruinas aún salían llamas, y el humo no permitía respirar a los cientos de voluntades que intentan rescatar lo que sea. Allí abajo, en Purgatorio, hay blancos, negros, judíos, cristianos, ricos y pobres, todos unidos por una causa. El hombre del tren, lamentó que sean sólo estas circunstancias funestas las que logran unir a los seres humanos, quizás hasta ayer ni siquiera se miraban y sin embargo hoy están codo a codo.

El cielo ya no existe sobre la ciudad. Sólo una gran nube de humo y cenizas, por encima de ella, el cielo está tormentoso pero sin intenciones de brindarle una gota de agua a los dolientes de tamaña tragedia. El cielo hoy es indiferente al dolor humano. El hombre en un gesto de compasión desmesurada, según se midan los actos de la noche anterior, dirigió su mirada al cielo mientras musitaba unas palabras. Acto seguido una leve pero refrescante llovizna comenzó a caer, dando un respiro y un alivio a los que en tierra aún peleaban denodadamente contra los escombros en busca de una esperanza.

Él ya no tenía ese sentimiento de ira que carcomió su ser la noche anterior. Miró cada uno de los rostros que deambulaban entre las ruinas y se dijo a sí mismo que debía darles consuelo, pero su pensamiento algo frío y calculador le dijo que ellos sólo habían recibido del cielo la medida justa de lo que se merecían. Rápidamente se abstrajo del cuadro dantesco de desolación, cuando una mano tomó la suya. Sorprendido volteó su mirada hacia un costado y allí los vio: Son cientos, desperdigados en la entrada a la estación. Parecían la imagen de algún cuadro pintado en el medioevo, con sus ropas en jirones, en batas, sin moda o estilos. Los locos y los desamparados han venido a ver al hombre.

Dicen las malas lenguas que al no estar presente la razón, ellos pueden ver al mundo tal y como es, sin las fantasías o falsas ilusiones que inventa el hombre para levantarse día a día y enfrentar la vida.

Entre balbuceos y medias palabras, intentaron llamar su atención, a la vez que lo iban rodeando. Lo necesitaban como los insectos a la luz radiante. La escena del primer día en la estación de trenes, se volvía a repetir. El dolor de sus almas se podía sentir a flor de piel.

Como un flautista de Hammelin, cruzó entre ellos y ellos lo rodearon listos a seguirlo. Mientras atravesaba la multitud, fue tocando sus manos, sus rostros, sus almas, tomando el dolor, devolviendo perdón. No importaba si de pie o de rodillas, ellos lo siguen, hacia el inmenso parque al lado de la estación. El hombre avanzó a paso firme hasta llegar al centro mismo del parque. Se detuvo y ellos volvieron a rodearlo. Todos querían tocarlo y eso desató uno de los eventos más extraños del que tengamos conocimiento.

Con cada roce, el traje del hombre comenzó a romperse en jirones, como si el simple contacto humano fuera capaz de desmaterializar la esencia misma. Su cara se contrajo en un gesto de agonía. Sus ojos se desorbitaron, sus nervios se crisparon hasta el punto de romperse. Un grito desgarrador quebró el aire, partió las montañas. Era demasiado dolor, la necesidad, inconmensurable. La agonía desgarraba su frágil cuerpo, las heridas aparecían por doquier, y su sangre comenzó a verterse por el césped a chorros. Una luz cegadora nació en su pecho y comenzó a crecer. Latía como un corazón y crecía. Algunos desposeídos caían al suelo mientras se retorcían como posesos. Otros danzaban un macabro ritual de perdón, mientras otros en completo silencio comenzaron a desaparecer. El hombre había subestimado la agonía humana. Las imágenes de horror martillaban su pobre mente. Los sentimientos, todos, laceraban su alma sin piedad. Ese saco de piel y huesos, comenzó ha resquebrajarse.

Lágrimas ácidas de sal bañaron su rostro. El hombre sintió cómo la pena devoraba su alma como mastín del infierno. Nunca imaginó que una persona pudiera sufrir tanto: el arrepentimiento, la culpa, la negación, la abstracción, cómo saberlo, cómo iba a imaginarlo. Siempre creyó y proclamó que era justo darle pequeños llamados de atención a la humanidad cuando cometía errores, para que recuperara la cordura y el camino. Nunca se le ocurrió que eso pudiera transformase en esto. Era como si el infierno mismo hubiera sido colocado en el alma de los hombres y que sólo bastaba una vuelta de candado para liberar tal horror.

"Venid todos y bebed, el vino de mi sangre, sangre de la alianza eterna, venid todos y comed la carne del cordero, para la salvación de vuestras almas y el perdón eterno de los pecados", rugió el viento y aulló el cielo.

Unas extrañas nubes cubrieron el cielo despejado, como si se tratara de la peor de las tormentas. Truenos, rayos y relámpagos azotaron el cielo. Unas luces aún más extrañas bajaron a tierra. Eran cientos y danzaban alrededor del hombre interponiéndose a los desposeídos. Trataban desesperadamente de evitar que los olvidados de Dios tocasen con sus impías manos el cuerpo sagrado. Pero el esfuerzo fue estéril. La necesidad es cruel y hereje, pero da a los brazos la fuerza necesaria para romper el cerco. Aquellos que lo habían dado todo para cumplir su misión abandonaron su instinto de preservación, permitiendo que sus propias almas fueran un muro, que rápidamente fue destruido y perecieron en su vano intento por apartar lo inmundo de lo inmaculado. Para cuando el espectáculo espectral finalizó, sólo un cuerpo quedaba en el gran parque central, rodeado de extraños charcos de vegetación quemados hasta la tierra misma. Acurrucado en posición fetal, el hombre dormía en la inconsciencia. La ciudad quedó envuelta en una noche prematura. Los trabajos en Purgatorio debieron ser detenidos y la gente con mucho temor volvió a sus hogares, tratando de comprender los hechos recientes.

Los noticieros, tratarán de transmitir tranquilidad a la población. Expertos de todas las ramas de la ciencia, argumentarán explicaciones sobre el por qué de los sucesos que les ha tocado vivir en las últimas horas. Hablarán de gases, de ciclos, de un millón de sin sentidos, debido a su desconcierto, tratando de evitar que cunda el pánico. Las emisoras religiosas, sacarán viejos y amargos libros antiguos para atemorizar a la gente, diciéndoles que finalmente, el día del juicio final ha llegado hasta sus puertas. La policía recorrerá las casas intentando llevar calma a los ciudadanos, pero será en vano, nadie estará tranquilo nunca más. Cada uno en su interior, sabe que algo mas allá de su comprensión esta pasando y si se guían por los recientes sucesos, no es bueno, no alcanzan las promesas para acallar la realidad.

Como ya te habíamos comentado, los guardias de la gran estación, habían agrandado sus recorridos de seguridad para darles mayor protección a los niños que se ocultaban entre los trenes por las noches. Así fue como encontraron al hombre sobre el filo de la medianoche, acostumbrados como estaban a socorrer a todo el que lo necesitara. Lo recogieron y lo llevaron hasta la enfermería. A simple vista, parecía que el mismo había sido atacado por una feroz bestia salvaje que desgarró sus carnes hasta los huesos, pero lo extraño era que en el parque no existían ese tipo de animales. El nuevo e interino jefe de seguridad, preocupado y sin repuestas, llamó a los guardias del turno matutino y redobló las guardias, sobre todo en la zona donde se escondían los niños. Aunque con cara adusta trató de darles confianza a sus subordinados, estaba consciente de que las cosas no estaban bien y que unas simples palabras no alcanzarían para aliviar los corazones de los guardias. Los sucesos lo tenían tan confundido como al resto de la población y se sentía inútil por no comprender. Apenas terminó de dar las instrucciones a sus hombres, se dirigió a la oficina central y llamó a Susana. Esta noche necesitaba más que nunca su apoyo.

Susana llegó enseguida. Se puso al tanto de la situación, felicitó a su amigo, el jefe de seguridad, por sus decisiones y se fue a la enfermería a ver a su nuevo huésped. Cuando ingresó creyó estar en la guardia de emergencias de algún hospital público. Había sangre por doquier. El doctor y la enfermera de turno hacían lo imposible para curar y estabilizar a ese hombre. Se acercó a la camilla lo miró y creyó reconocerlo. Le recordaba a alguien pero no estaba segura de a quién o dónde había visto aquel rostro. Ella se quedó observándolo todo hasta que finalmente el doctor dijo "ya está". El rostro del hombre, ahora ya limpio, se veía relajado. El doctor miró a Susana y tomándola del brazo la sacó fuera de la enfermería hacia el hall central de la gran estación. Se sentaron a tomar un café y él le confesó su extraña sensación, de cómo creía reconocer a aquel hombre, pero por más que lo intentaba no podía recordar de dónde lo conocía. Hablaron de las cosas que estaban sucediendo en la ciudad, de cómo, con excepción de aquel hombre en la enfermería, no había mendigos ni indigentes en la estación. Estaban debatiendo esto cuando una noticia, en las grandes pantallas de televisión, atrajo su atención.

El comentarista de la cadena de televisión, con lágrimas en los ojos y sosteniendo el cuerpo destrozado de un niño, daba cuenta de una de las peores tragedias que el mundo moderno iba a conocer. Un orfanato, al otro lado de la ciudad que albergaba a cientos de niños[19], había sido atacado alevosamente sin dejar sobrevivientes y a pesar de que se especulaba con un ataque masivo de animales salvajes, nadie sabía con exactitud qué había pasado. Un testigo, desgarrado para siempre en su cordura, gritaba frente a la cámara que habían sido Ángeles, a la vez que aseguraba: "el cielo nos ha abandonado".

Susana miró incrédula la pantalla. Las palabras de aquel loco

---

19 *Preparad para sus hijos el matadero a causa de la iniquidad de sus padres; que no se levanten y tomen posesión de la tierra, y llenen de ciudades la faz del mundo.* Isaías 14:21

tenían un eco especial en su mente y no lograba comprender por qué. Recordó los extraños sucesos de los últimos días, la partida de Pedro y aquella visión que tuvo por el dolor de la partida de su amigo. *Ángeles*, pensó, *no es posible, ellos son la representación del bien celestial*, e inmediatamente recordó a ese extraño ser con alas negras y como congeló su corazón.

Todo lo vivido en estos días desafiaba sus enseñanzas. Tanto dolor no era natural. *El cielo debería protegernos*, pensó. Lentamente se levantó y pidió al doctor que le informará de cualquier novedad del paciente, así se encaminó a la oficina principal. En su cabeza resuena una frase susurrada por el viento el día que Pedro la dejara: *"Pronto… aún no…"*

Capítulo 5:

Resurrección

En la mañana siguiente, el hombre se despertó, milagrosamente recuperado de sus heridas. Se quitó las vendas que cubrían su cuerpo, volvió a colocarse aquel traje siglo XX que, sin explicación alguna, apareció en el perchero de la enfermería y se dirigió a la ciudad. Su experiencia del día anterior lo había animado a realizar un viaje más profundo. Quería recorrer las calles, mezclarse con su gente. Existía la remota posibilidad de que no hubiera culpa sino consecuencia. Tal vez y sólo tal vez, la culpa no era de quién utilizaba las herramientas dadas, sino de quien las había entregado sin explicar cómo se debían usar. Nadie se percató de su ausencia aunque, a decir verdad, nadie recordaba que hubiera habido un hombre en aquella sala de emergencias.

Mientras avanzaba por el centro de Purgatorio, se dio por satisfecho y mejoró aún más su humor, por lo tanto, fue reconfortando a los que allí trabajaban desde el alba. Pronto se sintió un grito de alegría de un socorrista que había encontrado a un sobreviviente. El hombre se detuvo, miró en derredor y esbozó una sonrisa al ver los rostros teñidos de felicidad que corrían desesperadamente hasta el lugar del hallazgo. Un perro de búsqueda ladró con fuerza e ímpetu y su amo corrió en esa dirección, a la vez que gritaba -*Tengo otro, tengo otro*-. La marea humana iba de un lado para el otro, dando exclamaciones de felicidad. Aquello que era sólo tristeza y desesperación se transformó en esperanza. El hombre esbozó una sonrisa de caridad y se sintió, más que nada, satisfecho consigo mismo.

Luego siguió su rumbo y al pasar frente a los restos de la catedral, se sintió con un poco de culpa, Había sentido tanta devoción en sus paredes, pero era imposible de recuperar. Su belleza sería sólo un recuerdo en la mente de sus feligreses y un sueño lejano en la de sus creadores. Debía dejar aquello en el olvido, no era conveniente recordar en este momento, no quería malograr este buen humor, por lo que acomodó su saco y continuó su viaje a la ciudad.

Recorrió con gran entusiasmo y energía las venas de la ciudad pero pronto, y con gran decepción, llegó a la conclusión de que la ciudad era un enfermo crónico, envilecido por su egoísmo que rechazaba cualquier intento de ayuda. Mientras más tiempo transcurría, más veía a la ciudad como un adicto incurable que recaía día tras día, noche a noche. Se esmeró en concentrarse en aquellas cosas buenas que todos tienen, pero cada vez chocaba con una muralla de hipocresía que realmente lo asqueaba.

En algún momento se detuvo ilusionado al ver un hombre que, rodeado de niños, compartía actos de magia, juegos y dulces, sin tener obligación alguna. Pero, cuando lo miró a los ojos solo vio un monstruo que abusaba de los menores. Por cierto, no pudo evitar un ataque de cólera y le quitó la vida, seguramente en el infierno le darían lo que se merecía. Tan sólo un minuto después llegó a la conclusión de que eso no era suficiente y sencillamente terminó con su existencia. Si la Parca hubiese estado en ese momento presente y hubieras tenido la oportunidad de mirar directo a sus ojos, habrías visto temor.

Vio prostitutas, proxenetas, adictos, ladrones y otras doscientas especies de humanos para los cuales el infierno ya está reservado, por lo que no les prestó atención y siguió buscando. Así encontró madres que abandonaban a sus hijos y pregonaban la santidad de sus actos y la bondad de su corazón, padres que inculcaban severamente a sus hijos principios como la honestidad y el respeto para luego verlos destruyendo la vida de otros en nombre del éxito y el bienestar propio. Encontró abuelos comprando su absolución con sus nietos creyendo que eso alcanza para cubrir el daño que hicieron en su pasado. A medida que iba recorriendo más se horrorizaba al ver que prostitutas, proxenetas y ladrones eran más bien víctimas, mientras que los supuestos justos sumaban la totalidad de los pecados en sus almas, a la vez que gritaban a viva voz su santidad y proclamaban su derecho al cielo.

Al final del día, derrotado, se sentó en una pequeña plaza en un barrio olvidado de Dios y comenzó a llorar en silencio. Aún resuenan en su cabeza las palabras de un extraño personaje que había visto horas atrás en una plaza de la ciudad. Aquel ser estaba vestido con una sotana como los monjes, con su rostro cubierto por una capucha y parado sobre una tarima improvisada, desde la misma, arengaba a una verdadera multitud con palabras que por más que él intentaba, no le encontraba sentido divino.

Aquel encapuchado gritaba hacia la muchedumbre cosas como… -*¿Acaso es justo que resignemos nuestras vidas por seguir los dictados de una moralidad creada en tiempos que en nada se parecen a nuestra realidad?*- La gente aplaudía cada frase sintiéndose plenamente identificada. El de la capucha continuó diciendo -*Si tuve hijos, ¿es eso motivo suficiente para abandonar mis sueños? ¿Debo acaso resignar mi propia vida? ¿Acaso es justo eso?*- Miles de puños se levantaron en alto en señal de aprobación. Él continuó diciendo -*Si la oportunidad de cambiar mi destino se presenta frente a mis narices, ¿debo comportarme como un tonto a favor de una moralidad caduca y sin sentido?*- Entre los presentes surgieron gritos de aprobación, dándole lugar a ese extraño orador a decir -*¡Purgatorio, ya no existe! Y no se confundan, no fue un castigo divino, sino la naturaleza corrigiendo el estado de las cosas. Somos cazadores, somos los amos, debemos tomar el control de nuestras vidas y reescribir las normas*- El público rugió en apoyo a su nuevo líder, quien continuó diciendo —*Nos enseñaron que es un pecado atentar contra nuestras vidas, horrorizándonos con bestiales castigos divinos. Yo les pregunto ¿no es un pecado, atarnos con cadenas de titanio, con palabras como lealtad, matrimonio, honor, justicia, deber, monogamia? Eso es matar* *el espíritu. No puedo tomar las mieles de la vida porque está prohibido, entonces les pregunto, ¿para qué nos fue dado?-.*

La masa estaba enardecida, al punto de que la violencia dejaba de ser algo incivilizado para convertirse en un derecho. El hombre de la cabellera plateada los miraba sin comprender como se había llegado a esto. Veía como se cometían atrocidades sin nombre, y como la suma de todos los pecados se presentaba ante sus ojos como algo natural.

Destruidas sus creencias, ofendidos sus sentidos, violado su amor, se dio cuenta de que le habían robado las oportunidades y los satisfizo tomando sus almas, volviendo el polvo en polvo y el espíritu en una nada absoluta.

Luego como si hubiera sido golpeado por una turba, bamboleante a punto de perder el equilibrio, se retiró del lugar, hasta que encontró otra plaza al llegar la noche, donde no pudo contener la agonía y comenzó a llorar como un niño.

Tan abstraído estaba en tener lástima de su propio dolor que nunca vio a la figura que se le acercaba hasta que una mano tomó firmemente su hombro obligándolo a mirar hacia arriba. Allí, parado a su lado, un hombre vestido con prendas de cuero negro y una extraña armadura dorada, le pidió permiso para sentarse a su lado. Parecía un extraño caballero extraído de algún mundo de fantasía. Desconcertado lo miró a la vez que asentía. Se quedó mirándolo por largo rato pero, por más que intentaba, no podía ver más allá de lo que le permitían sus ojos. La figura le resultaba conocida. Ese rostro, esa mirada, tan vagamente familiar pero a la vez tan distante en el recuerdo. Hasta su corazón trató de reconocer esa sensación, pero fue en vano. Finalmente el hombre de negro lo miró fijamente a los ojos, y le dijo -*¡Padre! así que al fin viste en el alma de los hombres-.*

-*Verás, no todo es tan malo como parece. Hoy por primera vez desde la Creación, te has interesado en tus hijos. Descuidado como has estado te sorprendes por lo que encuentras, pero aún no logras comprender que esto es sólo consecuencia de lo que nos hiciste. Yo sé que puede resultarte un poco incomprensible lo que digo, pero haz el esfuerzo. Yo no soy más que el resultado de mi padre, con algunas cosas propias, pero en la raíz sólo soy lo que tú hiciste de mí-.*

-Hoy viniste a ver como se comportaba tu creación, a la que no has guiado en muchos años, viniste porque te dio vergüenza reconocer que la culpa es tuya, en tu interior lo sabes, pero aún no tienes el valor para admitirlo; viniste porque los otros te incitaron, porque no quisiste darles con el gusto de reconocer que tal vez, y sólo tal vez, exista la remota posibilidad de que te hayas equivocado y no una vez, sino tantas que es inadmisible y no porque te interesáramos-.

-Existen muchas maneras de vernos, somos egoístas, al igual que tú, a quién sólo le interesa su buen nombre y que se haga sin oposición su voluntad, como un buen dictador-.

-También puede que seamos iracundos y en nombre de la justicia y amparándonos en la justa ira, hayamos cometido atrocidades, pero no somos muy diferentes a ti, que quitaste la vida de los primogénitos y borraste de la faz de la tierra a Sodoma y Gomorra-.

-Nos atrae morbosamente esa cosa abominable llamada guerra, pero creo recordar que fuiste tú el que guió a los judíos contra los filisteos y los nephilims-.

-Somos manipuladores, traidores y nos gusta probar nuestras creencias con el sacrificio de los otros, como cuando nos alentaste a pelear contra los musulmanes y a ellos contra los cristianos, sólo para probar nuestra obediencia-.

-Hemos sido animales que crucificaron niños por la fe, como cuando tú arrojaste las siete plagas de Egipto, sólo porque no coincidían con tu criterio de fe-.

-Tú que eras todopoderoso, dejaste que los conquistadores masacraran en nombre de la cruz, aún cuando pregonas que todo ser viviente en la Tierra es de tu creación, dejaste que los matáramos sin misericordia-.

-Cuántos de los horrores vividos por la humanidad pudiste detener, cuántas veces miramos al cielo en busca de tu guía y nos diste la espalda. Cuánto del sufrimiento de los niños pudiste evitar, siendo que pregonaste que de ellos era el cielo, más no así la tierra y los dejaste a merced de los adultos-.

-Cuánto sufrimiento e injusticia se dio porque estabas ocupado, siempre me hiciste recordar a mi padre que, luego de abandonarme y reencontrarme con los años, me pedía respeto y obediencia-.

-A veces pienso que, en alguna parte del camino, enloqueciste y te volviste ángel y demonio para la humanidad. Como sea, este es el fin del camino. Este no será el fin de la humanidad y si debe de ser, también lo será del cielo y el infierno-.

-Con total seguridad, en el cielo y el infierno se dice que la responsabilidad es sólo del hombre, "por no saber lidiar con el libre albedrío". Pero si el carpintero le entrega el martillo al ayudante sin explicarle como usarlo, ¿de quién es la culpa si el trabajo termina mal hecho? Nos dejaste niños y pretendieron, todos Ustedes, que maduráramos sin una guía. Han sido rápidos y egoístas para juzgarnos, más no los he visto intentar guiarnos. Siempre será más fácil castigar que enseñar-.

-Vuelve a casa Padre, por amor, te damos la oportunidad de que, por una vez, elijas la compasión y la comprensión por sobre el castigo y la obediencia debida. Por amor queremos que te marches a tu cielo y nos dejes en paz en la tierra. Somos el Hombre, hecho a imagen y semejanza de nuestro padre. Vamos a luchar hasta vencer o perecer en el intento. De ti depende el futuro de los reinos. Somos tus hijos pero hemos alcanzado la madurez. Queremos decidir nuestro futuro y no que se nos imponga la voluntad de otro. Vuelve a casa Padre, por el bien de todos-.

Dicho esto, el hombre de negro se levantó y se fue por la calle, caminando con paso decidido. Al llegar a la esquina, un coche lo recogió y se perdió en la inmensidad de la noche. Mientras el desconocido se alejaba, el hombre volvió a rebuscar en su memoria. La pesadez de su alma le resultó incómoda y incomprensible. Se quedó con la mirada perdida en el coche mientras se alejaba, con la vaga sensación de que se había perdido de algo importante aunque no pudiera determinar qué era. Pensativo, enjugó sus lágrimas y dirigió su mirada al cielo como buscando una repuesta más allá de su comprensión.

Si indagas un poco, encontrarás quién te diga que el hombre del tren se quedó absorto tratando de comprender lo sucedido, mientras que siete estrellas multicolores bajaron del cielo junto al él. Te dirán que siete arcángeles rodearon al hombre y pidieron libertad para aplicar un castigo a tal osadía, que reclamaron por las libertades y los excesos que se le permitía a la humanidad, por los dones otorgados al hijo de Adán, como la redención, cosa que no tenía ninguna otra criatura en el universo. Incluso puede que te digan que algún furioso arcángel haya pedido liberar la tierra a manos de Lucifer.

Hasta es posible que escuches que hubo una tenue voz pidiendo por la humanidad, diciendo que teníamos cosas buenas, que al fin y al cabo éramos como niños en un juego de adultos. Pero esa noche eso no fue lo importante.

El hombre intentaba poner en perspectiva lo sucedido y no se dio cuenta del cura que se acercó a su lado. Venía del otro lado de la plaza donde había una pequeña capilla. El sacerdote ya mayor, le habló con ternura y le dijo que lo había estado observando, que le ofrecía refugio al menos por esa noche en la vieja capilla. Sin dejarlo pensar lo tomó por los hombros y lo obligó a levantarse y acompañarlo.

Mientras caminaban le habló del clima, de la belleza de la noche y de cientos de trivialidades que lo hicieron distraerse y eso, lo hizo sentirse cómodo nuevamente. La Iglesia no tenía oro en sus candelabros, ni bóvedas estampadas por famosos pintores. Los bancos de madera olían a viejo y moho. A las paredes les faltaban pedazos de revoque y el mantel sobre el atrio ya estaba deshilachado por el paso del tiempo.

Por una puerta lateral ingresaron al interior del templo donde se escuchaban las voces de felicidad de niños y el murmullo de las voces de los adultos. Una treintena de personas, entre hombres y mujeres, algunos adultos y otros jóvenes, se movían presurosos de un lado al otro, tratando de atender a un centenar de niños que, con su algarabía natural, se encontraban sentados en las mesas esperando la tan ansiada cena, quizás su única comida en el día. Dos niños se levantaron apenas los divisaron, para buscar platos y cubiertos para la cena, mientras el resto se reacomodaba para dejarles un lugar entre ellos. En un santiamén se encontró frente a un exquisito plato de sopa caliente y un pedazo de pan. Una niña, como de unos cinco años, corrió a buscar una jarra con agua y haciendo malabares le ofreció un vaso de agua.

Nadie le preguntó nada, nadie le pidió nada, por el contrario, todo le fue dado. Fue aceptado como uno más, como si lo conocieran desde siempre, integrándolo como uno de ellos. Apenas terminaron de cenar los niños se levantaron, recogieron la vajilla y desocuparon la mesa. Ahora era el turno de los adultos, quienes se sentaron y fueron atendidos por los jóvenes. Rieron, cantaron y disfrutaron de la cena. Al rato llegaron diez personas más, ataviados con trajes e instrumentos. Montaron un pequeño escenario y los chicos se arremolinaron a su alrededor. Aparecieron títeres y payasos que bailaban al compás de la música interpretada por dos o tres de ellos. Hadas, magos, dragones y hasta pérfidos hechiceros aparecieron en escena para deleite de los pequeños. Los adultos, a medida que terminaban su cena, corrían para acompañar a los niños, para no perderse ni un minuto del espectáculo. Las risas y las exclamaciones llenaron el ambiente de felicidad y el hombre se sintió como transportado a un mundo mágico. No paró de reír y aplaudir las ocurrencias de los personajes sobre el escenario y quedó ronco de tanto cantar las melodías.

En algún momento de la velada, se percató de la presencia del cura a su lado, quién tenía una sonrisa enorme de satisfacción. Lo miró directamente a los ojos, interrogándolo ya que, como en la plaza, no podía ver más allá de lo que sus ojos le permitían. El sacerdote colocó su mano sobre su hombro y como si hubiera entendido la pregunta nunca dicha, le dijo -*Somos hombres y no hablo de géneros, sino de especie, que tratan de devolver lo mucho que nos ha sido dado, aquí no hay ricos ni pobres o cultos e ignorantes, somos una comunidad que comprendió que no existen las religiones, la política o el poder, son solo inventos de los hombres para dominar otros hombres.*

-*Verás, aquí en esta sala de una capilla cristiana hay judíos, musulma-*

nes y quienes no creen en ningún dogma. *Sólo somos hombres que intentan cambiar al mundo desde su pequeño espacio y para ello, hemos decidido salvar a nuestros niños no sólo de los hombres, sino de todo, de las ideas, de los dogmas y doctrinas, incluso del propio Dios. No lo hacemos por la recompensa prometida al final del camino, tampoco por el interés de poder recibir una migaja de amor en nuestra vejez, mucho menos porque lo que diga tal o cual religión, lo imponga la moda, la política o la propia moral. Sólo lo hacemos por amor, un amor infinito por la humanidad. Estamos orgullosos de ser seres humanos, con todas nuestras virtudes y defectos-.*

-Si vienes el día de mañana, verás a otros haciendo exactamente la misma tarea y con el mismo amor. Nos vamos turnando. Los niños de toda la ciudad saben con certeza que aquí, en este humilde pedazo de tierra, estarán a salvo aunque más no sea por una noche o por un día – y diciendo esto, el cura se paró y le dijo *–Acompáñame, quiero mostrarte algo-*.

Subieron por una escalera vieja, de cemento corroído por el moho, hasta llegar a la terraza. Una vez allí, el sacerdote le mostró la vista del barrio. Finalmente extendió su brazo y le dijo *–Mira, ¿ves aquella sinagoga? Ellos atenderán a nuestros niños el miércoles, ¿y ves aquella pagoda? Allí los esperan el viernes, y en aquel edificio plateado los esperan el domingo, con juegos al aire libre, deportes y diversión. Ellos, a pesar de tener diferentes creencias, se juntan y trabajan codo a codo por el bienestar de los otros-.*

El hombre lo miró sorprendido, aún sin poder entender el poderoso significado de aquella revelación. Le costaba una enormidad compatibilizar las experiencias de los últimos días con este pequeño milagro. Volvió a escudriñar los ojos del cura, mientras pensaba: *déjame ver el lado oscuro de tu corazón.* Estaba seguro de que todo esto era un engaño. Convencido de la eficiencia de su lengua, lo interrogó *-Dime, ¿cómo es posible que tú, un sacerdote, trabaje a la par de otros que poseen creencias tan distintas a la tuya? No es posible que tu iglesia esté de acuerdo con tus actividades. Me recuerdas a los sacerdotes del gran templo que se aliaron con los mercaderes para poder concretar sus ambiciones personales. Seguro tienes un motivo oculto, nada en esta ciudad o en la tierra misma, me da motivos para creer en tu bondad. No creo que el*

Señor, tu Dios, esté de acuerdo con tus actos-.

El cura lo miró sorprendido y le contestó *–¡Dios! ¡Que no has entendido nada de lo que te dije o de lo que has visto!-*

-Antes que religiosos, políticos, héroes, cobardes, buenos o malos, somos hombres. Hemos estado desde siempre, desde el principio de los días y estaremos cuando estos ya no sigan contándose más. Lo hemos creado todo a tu alrededor, ¿de qué serviría tu creación sin un nombre y un uso? Un martillo sin uso y sin nombre no es un martillo, ni siquiera llega a ser una cosa. Cómo es que tu creación tomaría vida si nosotros no hubiéramos creado al carpintero y le hubiéramos dado una utilidad. ¿Te das cuenta? Nosotros podemos hablar de una rosa abrazada de espinas, que bendice nuestros sentidos con un perfume exquisito. Sin los hombres y en tus términos, sería ¿qué? ¿nada?. Hasta que el hombre le puso un nombre a las cosas, estas no existían, ni siquiera tú.-.

-Te llamamos Dios, Jehová, Mahoma, Adonay y de mil maneras más. Antes del hombre no existías, después de nosotros perecerás. Esto que ves aquí es el mundo del futuro, creado e ideado por el hombre. Eso que viste allá, dijo el cura señalando la ciudad, *es tu creación. Pero no confundas Señor, pelearemos por ellos también, porque a diferencia de ti, nosotros no renegamos de ellos. Si tú insistes con esto, resurgiremos de las cenizas de la humanidad como el ave fénix. Te pedimos humildemente que regreses por donde viniste. Cuida tu cielo que nosotros lo haremos con nuestra tierra-.*

Diciendo esto, el cura se dio vuelta y dejó al hombre solo en la azotea. Las risas y los aplausos en el salón ya se habían acallado, sólo quedaban unos cuantos finalizando la faena y dejando todo listo para el día siguiente. Al ver aparecer al sacerdote, todos detuvieron sus tareas y lo miraron, escudriñando su rostro en busca de una repuesta. Él sólo se limitó a decir *—Debemos darle tiempo para comprender, seguro llegará a la decisión correcta-.* Todos asintieron y volvieron a sus tareas.

Bajo un cielo estrellado, el hombre miró la inmensidad, buscando una repuesta, pero sólo escuchó más de lo mismo *-¡Castiga al hombre por su insolencia!-* Incontables horas estuvo mirando el cielo estrellado hasta que, un poco aturdido aún, el hombre decidió retirarse. Descendió de la azotea y se despidió de los que aún estaban presentes. Luego se marchó rumbo a la ciudad nuevamente. Había caminado un par de cuadras, cuando un joven se le acercó amenazante, lo golpeó y le robó los zapatos. Mientras se encontraba tirado en el piso, aturdido por el golpe artero del ladrón, fue atacado por la miseria de unos vagabundos que lo despojaron de sus ropas. Como pudo se levantó, el cielo se tiñó de rayos y relámpagos. El hombre dijo fuerte y claro -¡No, *aún no!*-

Unas prostitutas que se encontraban por el lugar se rieron de su condición, mientras murmuraban elogiando la carne. Él las miró, conocía la historia de cada una de ellas y no pudo enfadarse por su actitud, eran víctimas del pecado de otros -*¡Castiga al hombre!*- Escuchó otra vez en su cabeza, pero no pudo. Había presenciado la resurrección del hombre por sí mismo, sin la intervención del cielo o el infierno ¡Pero, qué debía hacer ahora que sabía la verdad! Las dudas que acompañaron su llegada en el tren, volvieron a asaltarlo sin miramientos.

Siete luces multicolores bajaron del cielo rodeando al hombre. El alba estaba asomando por el horizonte cuando el hombre ingresó en la gran estación.

Capítulo 6:

Aquelarre celestial

Los días han sido tan extraños que la realidad carece de sentido. La normalidad parece una bestia aberrante encerrada en un laberinto de imponderables. Tanto es así, que nadie se ha dado cuenta que la gran estación ha estado vacía los últimos días. No hay trenes que lleguen aullando esperanza, ni nubes de vapor de sueños. Ni siquiera almas perdidas que hayan extraviado su rumbo hacia la ciudad. El silencio es mortalmente celestial.

Sin embargo, extrañas luces refulgen en su interior, como en una película de ciencia ficción. Sonidos malévolamente angelicales endulzan los oídos del que esté dispuesto a escuchar. El hombre se encuentra parado en el medio de la gran sala de espera, cabizbajo, meditabundo. El más grande de los hijos tomó coraje y enfrentó a su padre, diciéndole -*Señor, ha llegado el día de la redención, tu así lo habías prometido, no puedes ejercer el derecho del perdón una vez más, aquí no hay más que vileza, desprejuicio e inmoralidad. ¡No dejes, por favor no dejes! que su lamento y promesas de arrepentimiento, endulcen tus oídos, toda su vida la basan en excusas e ignominiosas justificaciones, sólo el egoísmo es el motor de sus acciones-*.

-*No los escuches*, dijo otra voz, *están envidiosos, míralos de tanto criticar se han vuelto iguales, según sus parámetros, a quienes fustigan sin cesar. De verdad os digo señor, que ya no hay almas inocentes en el cielo ni en la tierra, al menos esta gente tiene la justificación en su convivencia con el mal, pero mis hermanos fueron creados libres de tentación y sentimientos, su pecado es mayor al que quieren castigar. Permíteme recorrer las calles y te traeré un alma inocente de entre las ruinas de la mediocridad-*.

-Si como dice mi hermano, al menos uno de cada cien, es bueno y merece el perdón, entonces entréganos a los noventa y nueve restantes, es lo justo-, dijo una tercera voz. El menor de los hermanos dejó que su rebeldía lo apabullara y con voz sarcástica dijo... *-Dejadlos en paz, para qué darles el libre albedrío si luego los vais a juzgar por elegir, para qué darles la capacidad de sentir si luego los reprimirás por olvidar la razón, para qué darles la razón y la lógica para luego castigarlo por cuestionar; Padre no puedes castigar a tus hijos por no ser iguales a ti, o tal vez quieres castigarlos por ser demasiado parecidos a ti. Como sea, déjenlos.-.*

-En nombre de mi clan, acudo a tu misericordia Señor, tú nos ordenaste protegerlos de sí mismos y de sus enemigos, tú nos dijiste que ellos eran el resultado final de tu amor y que sus vidas eran más importantes que las nuestras y ahora, cegado por que ellos son lo que tú hiciste de ellos, los quieres castigar, jamás osaríamos contradecir tus mandatos, pero nos confundes y por ello no podemos permitir que esta locura continúe. Tú lo sabes, en el pasado nos quedamos callados y dejamos que nuestras vidas fueran tiradas a la basura, esta vez no será así. Si persistes en esta cosa repugnante e insana, nos veremos obligados a tomar partido y no será de tu lado precisamente. Por favor Señor, apelo a tu infinita bondad, perdónalos y perdónanos por tratar de cumplir con tus designios-.

Aquel que habló con tanta vehemencia, había sido sumiso y obediente, un buen y obediente soldado, un Ángel[20], sin embargo hoy se rebelaba ante la incoherencia de los celos y la intolerancia. El hombre lo miró detenidamente, estaba molesto y confundido. Aquel que lo increpaba era un pilar fundamental de su creación, le había servido fielmente y sin cuestionamientos desde siempre, eso lo confundía aún más.

El hombre trató de darle orden a sus ideas en forma despiadada. La noche anterior había tenido una revelación, algunos de ellos habían alcanzado la madurez necesaria para auto guiarse, mientras que otros, por el contrario, aún parecían necesitar de

---

20 Ángeles, mensajeros, son la orden más baja de los ángeles, y el más reconocido. Ellos son los más preocupados por los asuntos de los seres vivos. Son enviados como mensajeros a la humanidad.

una guía celestial, todavía eran niños asustados corriendo en la inmensidad de la noche, sin refugio o amparo para sus temores. También estaban aquellos en los que la maldad o equívocos eran de tal magnitud, que se hacía imposible el perdón. ¿Pero acaso no les dije una y mil veces que el perdón era un acto sublime? como podría entonces juzgarlos en este aciago momento. ¿Qué hacer, cómo proceder?

La bondad era pisoteada en cada rincón, el amor envilecido con el apetito de la carne como único fin, la caridad era reemplazada con el oportunismo, la humildad se transformó en servilismo y esclavitud, la compasión una herramienta que justificaba el conformismo, la obediencia justificaba actos aberrantes, la fe generaba genocidios y la sumisión daba lugar a la flagelación.

¿Cómo medir y justipreciar? La balanza se encuentra vacía. Es inaudito que se deba juzgar primero al cielo antes que a la humanidad. Las horas pasan y el hombre no puede salir de sus cavilaciones. Por cada vez que encuentra un camino en sus pensamientos, cada vez que encuentra una luz de esperanza, aparecen dudas y hechos que lo hacen elegir otro camino. Así ha estado durante todo el día.

La cuenta de eso que la humanidad inventó y llamó tiempo, no existe en el hall de la gran estación. Constantemente han estado llegando más y más participantes, ya se pueden contar a Serafines[21], Querubines[22] y Ángeles. Los Serafines, aprovechando su posición, han estado tratando de convencer a defensores y fis-

21 Serafines: Los más cercanos a Dios, rodean su trono y emiten una luz intensa de fuego que representa su amor. Considerados "serpientes ardientes". Son cuatro y tienen seis alas (dos alas cubren sus rostros, dos su cuerpo y dos sus pies); continuamente cantan alabanzas: "Santo, santo, santo, Jehová de los ejércitos. Toda la tierra está llena de su gloria", son invisible incluso para los ángeles. Serafiel y Metatron, son dos de ellos.
22 Querubines: Son los guardianes de los registros celestiales y mantienen el conocimiento de Dios. Tienen cuatro caras. Ellos realizan las grandes tareas en la tierra, como la expulsión de la humanidad del Jardín del Edén. Son representados como una esfinge, criaturas aladas con rostros humanos. Ophaniel, Rikbiel y Zophiel son querubines, como Satanás antes de su caída al mal.

cales, que sin la caridad ninguno de ellos será distinto de aquellos a los que se juzga o del hermano perdido en los abismos del pecado. Claman por una última oportunidad para que la humanidad pueda guiarse a sí misma sin presencia celestial, para que el libre albedrío sea una realidad.

Los Querubines se oponen y remarcan los hechos del conocimiento acumulado. *No cambiarán a los hombres*, es su frase favorita. Ellos piensan que los humanos son animales sin aprecio alguno por la sabiduría, pregonan a viva voz. *No pretenden aprender y aún si lo logran, caen demasiado rápido en la tentación de la ignorancia*, dicen, afirmando que todo debe volver a ser como al comienzo de los tiempos.

Los Thronos[23] se unen a los Querubines, afirman que la humanidad no puede cuestionar las decisiones divinas, el poder es uno solo y así debe ser entendido. *Es inadmisible el cuestionamiento de aquellos que deben seguir. No existen los errores celestiales sino los propósitos divinos*, vociferan en la cara de los presentes.

Las Virtudes[24] toman al fin partido y se colocan al lado de los Serafines, dirigiéndose a sus hermanos, exponen su resolución.

–*Hemos estado junto a la humanidad desde el Paraíso. Se nos fue ordenado promover a los iluminados y los comunes hacia metas superiores, hemos peleado junto a ellos, codo a codo, contra el mal y nos hemos sentido orgullosos de hacerlo, porque aunque ustedes no lo crean o entiendan, ellos luchan contra la maldad a diario. El escenario de combate de nuestro hermano caído no es en el cielo divino, sino en la tierra agreste de los humanos. A pesar de ellos saberse en inferioridad de condiciones pelean hasta morir, sin temor en sus corazones. Si hoy estuviéramos de vuestro lado, estaríamos cometiendo la peor injuria que se le puede hacer a un hermano, traicionarlo-.*

Las Potestades[25], indecisas, no pueden tomar un lugar defi-

23 Thronos o ancianos, conocido como Erelim o Ophanim , Ellos son símbolos vivientes de la justicia de Dios y la autoridad
24 Virtudes o fortalezas, están más allá del Ophanim (Thronos o ruedas). Supervisan los movimientos de los cuerpos celestes con el fin de asegurarse de que el cosmos se mantiene en orden.
25 Potestades o autoridades, son los portadores de la conciencia y los guardianes de la historia. Son también los ángeles guerreros creados para ser comple-

nido en esta contienda. Conocen, a diferencia de sus hermanos, las dos caras de la moneda. Saben lo difícil que es resistirse a la tentación, se pasan la vida intentando mantener el equilibrio y no siempre lo logran, a pesar de sus incontables facultades. Se apartan en silencio tratando de establecer cuál es el punto medio, forman el tercer punto de esta contienda de voluntades que define el destino de los reinos.

Los Principados[26] llegan tarde a la reunión pero inmediatamente se colocan junto a las Potestades, aunque su proceder es más activo e interactúan con todos los presentes para establecer un orden armónico que permita llegar a una resolución. Su naturaleza los inclina a estar a favor de los humanos, pero esperarán hasta el final para indicar su posición. Mientras harán lo imposible para establecer un marco de armonía donde todos puedan expresarse.

Los ángeles claramente indican su postura: no harán nada en contra de la humanidad. Muchos de ellos piensan que de entablarse una guerra, ellos deberán estar al lado de aquellos a los que han protegido por centurias. Su larga estadía en la Tierra los ha iluminado con un conocimiento lejano para sus hermanos. Ellos entienden y no los abandonarán a su suerte.

Los Arcángeles[27] aún no se han presentado a la gran reunión. De libre albedrío como lo son, han estado recorriendo el mundo,

tamente fieles a Dios. Su deber es supervisar la distribución del poder entre los hombres, de ahí su nombre.

26 Principados o Reglas, se muestran con una corona y con un cetro. Su tarea consiste en supervisar los grupos de personas. Ellos son los primeros educadores y tutores del reino de la tierra. Al igual que los seres relacionados con el mundo de las ideas germinales, se dice que inspiran a los seres vivos a muchas cosas, tales como el arte o la ciencia.

27 Arcángel, jefe de ángeles, primeros en rango o poder, son mensajeros. Gabriel y Miguel son dos de ellos. Rafael dijo a Tobías que él era "uno de los siete que están delante del Señor". Un cuarto Arcángel es Uriel , su nombre significa literalmente "Fuego de Dios" o "Luz de Dios. Los Siete Arcángeles son los ángeles guardianes de las naciones y países, y se refieren a los temas y eventos relacionados con ellos, incluyendo la política, asuntos militares, el comercio y el comercio.

juntándose entre ellos para debatir internamente una posición. No quieren llegar y verse inmersos en la batalla coloquial y verborrágica de los presentes en la estación.

Las Dominaciones[28] son los que más se han hecho escuchar. Se habla de orden y obediencia, se habla de responsabilidades y deberes. *Nadie, en ninguno de los reinos puede hacer lo que le venga en ganas. Se debe respetar el orden supremo, que es indiscutible e ineludible.* Constantemente le recuerdan a todos, que el gobierno es su derecho y que ninguno de los presentes debe rebelarse contra sus decisiones que son las de Dios mismo.

Quizás si tú hubieras podido presenciar aquel aquelarre de voluntades divinas, no hubieras dicho ángeles, sino djins o tal vez eloins. Quizás y sólo quizás, no coincidas con nuestras definiciones de las jerarquías celestiales. Tal vez tú seas de los que creen que sólo existen humanos. Ángeles y dioses son sólo hombres bendecidos con diferentes grados de poder. Eso no es importante, sólo lo es el hecho de que en aquella majestuosa estación de trenes se definió el destino de la humanidad.

El hombre está realmente confundido. En su interior se libra una guerra sin cuartel entre el padre y el juez. No se puede ser dos cosas a la vez, al menos así lo estableció él en las leyes divinas; se es un dios amoroso o un dios de la guerra, un dios protector o un dios implacable, casi rozando los bordes de la paranoia.

Ahora se da cuenta que la dualidad es su mayor herencia para los hijos de Adán, esa misma que lo llevó a crear el Paraíso y luego, en un ataque de furia, lo obligó a crear el Purgatorio. O tal vez ese fue un acto generoso de segundas oportunidades. Todo está enmarañado en su cabeza.

---

28 Dominios son la jerarquía de los seres celestiales, también conocido como Hashmallim , regular los deberes de los ángeles menores. Raramente se aparecen a los humanos. Son los ángeles que presiden sobre las naciones. Se cree que al aparecerse a los seres humanos se ven divinamente hermosos con un par de alas con plumas, muy similar a la representación común de los ángeles, pero pueden distinguirse de otros grupos manejando orbes de luz adosados a las cabezas de sus cetros, o en el pomo de sus espadas

Sólo recuerda una vez en la que se encontró con semejante dilema: el día de la Creación.

Capítulo 7:

Revelaciones

Aquello conocido en nuestra lengua como tiempo, ha transcurrido displicentemente. Está llegando el alba del sexto día celestial, algo así como dieciocho días humanos. Este es el tiempo que ha transcurrido desde el arribo de aquel tren a nuestra ciudad. Si seis días le llevó al Señor hilar el suave y frágil manto de la vida, el mismo tiempo le llevó destruir la comunión del espíritu con la carne, ya que los días del Señor se deben medir con la proporción divina de tres por uno.

Déjanos iluminarte: por tres veces se menciona el día que está pronto a llegar[29] en las sagradas escrituras. Idéntico número de mujeres[30] hubo en el monte Gólgota. Tres los Ave María y la Santísima Trinidad. Tres las cruces en la cima del monte y tres las que fue negado. Podemos seguir dándote ejemplos por horas y no nos verás titubear ni una sola vez, porque tres fueron los clavos y los Reyes Magos. Santo, santo, santo es el Señor, como así también tres son los fundamentos de la tentación[31]. Tres los días que se tomó el señor para demostrarnos su condición[32] y tres las partes en la que se divide el hombre[33].

Singulares sucesos han ocurrido en el reino del hombre en estos días. Un mar embravecido se ha llevado las tierras al oriente, dejando a su paso desolación y muerte. Los otrora majestuosos

---

29 Apocalipsis 16-16, 17-14, 19,11-21
30 María de Nazareth, María Magdalena, María de Betania.
31 Juan 2:16: los deseos de la carne, los deseos de los ojos, y la vanagloria de la vida.
32 Cristo resucitó de los muertos al tercer día.
33 Cuerpo, alma y espíritu (1 Ts. 5:23)

y poderosos reinos, hoy parecen pordioseros habitando las frías calles de las ciudades mudas y vacías. No existe compasión suficiente en el mundo entero para arrullar el dolor lacerante de la injusticia y la intolerancia.

El infierno mismo ha tenido una orgía de destrucción sobre las hoy tierras yermas del Mediterráneo. Pueblos enteros han sido devorados por llamas de azufre, matando el recuerdo de sus historias. Sólo algunas estatuas de roca derretida dan cuenta de la existencia del hombre por aquellas lejanas tierras.

El cielo, tan caro y preciado por la humanidad, se ha vuelto indómito y una trampa mortal que no permite al hombre volar sobre sus alas. Portentosos rayos de furia se han descargado sobre las ciudades del sur, aniquilando todo rastro de amor de los ojos inocentes, para sembrar sólo un temor irracional a levantar la vista más allá de los propios pies.

No existen recursos suficientes, ni voluntades infinitas que puedan acallar el llanto de los huérfanos o los gritos de agonía de los padres. La hambruna se despereza y recorre las calles y los valles. La peste juega una malévola partida del gato y el ratón, destruyendo todo vestigio de misericordia de la memoria. Las sirenas aúllan como lobos hambrientos las 24 horas del día, siempre siendo abanderadas de desgracias y malas noticias. La esperanza parece haber abandonado el paraíso terrenal.

Nuestra ciudad ha permanecido en el limbo luego de aquellas noches trágicas. Tan ensimismados en recuperar sus vidas, los habitantes han sepultado a sus muertos y guardan luto por los de otras tierras, pero sin la fuerza necesaria para ser caritativos. Deambulan de casa en casa, dando el pésame, con palabras carentes de sentido o aliento.

Purgatorio hoy es una masa insana de escombros que se levanta como un muro infranqueable que separa a la ciudad de la estación. Un temor irracional se ha apoderado de los ciudadanos de nuestra bella ciudad. Ya nadie se atreve a mirar en dirección a la montaña de piedras que otrora fuera el centro de su fe y su comunión con Dios.

Algunos con un silabeo aberrante, cargado de miedo y sin levantar la vista en aquella dirección, han catalogado a la estación como "la cúpula del trueno" en remembranza de una vieja canción.

Como te dijimos, el alba del sexto día está llegando y con él un sonido semejante a tambores y cuernos que acalla los murmullos y los llantos. Por el horizonte, bajando de las montañas del este, llega un hombre totalmente ataviado con vestiduras de cuero negro y una armadura dorada que hace juego con su larga cabellera, acompañado de miles y miles de voluntades, marchando al unísono, serios y contrariados, con el rostro adusto y la mirada fija en dirección a Purgatorio.

Atraviesan las calles, lo invaden todo, marchan sin tregua hasta llegar al pie de la gran catedral, enfrentando al muro de escombros. Al llegar a este punto, se detienen en forma abrupta y forman una muralla de carne y hueso que cubre todo el horizonte visible.

Pasado, presente y futuro, convergen en nuestro tiempo y cuando finalmente esto suceda, el tiempo como tal se volverá finito. Es imperioso que comprendas. Imagina que todas esas historias que le contaron a tus antepasados y que luego fueran depositadas en ti, fueran ciertas. Eso volvería al futuro anunciado en un mal presagio, lleno de horror y dolor, como si de una maldición se tratara. El presente se convertiría en tu última oportunidad de salvación. Acorralado entre un pasado marcado por mil atrocidades que se paladea con el sabor de tu alma inmortal y un futuro antropófago que se deleita en el aroma de tu carne, pronta a llegar a sus fauces. No te queda otra opción que pelear en este presente ignominioso junto a nosotros, a nuestro lado, aunque más no sea para salvar ese miserable pellejo que adoras con tanta devoción.

El hombre de negro, que venía al frente de la primera columna, se separa del resto y, con paso decidido, avanza hacia la cúpula del trueno. La gente temerosa aúlla de miedo y con gritos desgarradores instan a los hombres a detenerse -¡*No vayan, por favor, no vayan!* Se les escucha decir en un coro demencial. Mujeres y hombres intentan pararse frente a estos extraños personajes para detener su avance, pero son alejados con infinita ternura y candor.

Mientras el hombre avanza hacia la estación, extrañas máquinas hacen su aparición. No se parecen a los vehículos que conocieran en la ciudad, más bien parecen haber sido extraídas de una película de ciencia ficción. Algunas de ellas se mueven por el cielo como protegiendo a los de tierra, mientras que las gigantescas moles de acero se colocan en sitios estratégicos, prontas a defender a este extraño ejército. Armaduras negras con detalles rojos, banderas que ondean, extrañas bestias metálicas semejantes a unicornios alados, artilugios voladores que semejan pájaros y lo más extraño de todo, hombres de acero del tamaño de un edificio, forman un ejército jamás visto en tierra alguna. Toda esta marea de carne y metal está en un silencio sepulcral, a la espera de los eventos del día.

Un adolescente le comenta a otro, *son orientales,* en franca alusión al animé del cual era un fan. Otro testigo asegura que son del país del norte tal vez haciendo referencia a la tecnología, mientras que una tercera voz, ligada a idolatría por lo extraterrestre, dice "*son los antiguos, han venido para defendernos del juicio final*".

Se destacan, al frente de este extraño ejército, algunos hombres montados en esas máquinas que parecen unicornios alados. Sus armaduras ornamentadas con una simbología olvidada en la profundidad de la memoria, emiten una luz radiante que encandila los ojos. A diferencia del resto, estas son rojas casi en su totalidad con vivos dorados. Se puede ver entre ellos a blancos, morenos, pelirrojos y castaños, por decir alguno de sus matices. Parecería que todas las razas se encuentran presentes, pero lo que realmente los distingue del resto es su majestuosidad. Inmóviles sobre sus máquinas con el cabello al viento, parecen tallados en la piedra.

Quizás si los hombres hubieran escuchado a los profetas, a las antiguas escrituras, a esas viejas civilizaciones que trataron de prevenirlos, comprendiendo que se anunciaba el "principio del fin" y no el fin mismo, estaríamos más preparados aunque no mejor.

Para cuando aquél que comandaba las tropas, llegó hasta las escalinatas de la estación, el sol del mediodía estaba en lo alto y horrorizado por lo que estaba sucediendo, se escondió prontamente tras una nube densa, temeroso hasta de espiar. El hombre se paró frente a los portales de ingreso y, apoyando sus manos sobre ellos, los empujó dejándolos abiertos de par en par, a la vez que lanzaba un desafío al viento: *¡Padre, aquí estoy!*

El tiempo se detuvo. Hasta las brujas, que nunca existieron, lanzaron chillidos de espanto. El cielo se levantó en un solo murmullo y el infierno vociferó de éxtasis. En el gran salón, el cotorreo se volvió una exclamación de furia ¡Cómo se atreve! dijeron unos, mientras que otros aseveraron ¡Perjuro, pecador!

El hombre del tren, sentado en medio del salón, se dio vuelta en dirección a los portales y miró a ese que lo había llamado. Enseguida lo reconoció, es aquel ser extraño de la plaza, se dijo a sí mismo, mientras que con un gesto adusto hizo callar a la multitud. Se puso de pie y avanzó en su dirección.

El sonido de trompetas celestiales distrajo la atención de los presentes. Los arcángeles habían llegado y contra toda especulación, esquivaron a sus congéneres y se colocaron a espaldas del hombre de negro, como una turba de guardaespaldas. Mostraron sus armas y luego en señal de sumisión, se colocaron rodilla en tierra ante el hombre de larga cabellera y traje del siglo pasado, que se aproximaba. El hombre de negro los miró, no extrañado sino satisfecho, como si eso hubiera sido lo que esperaba para ese momento. Sin decir palabra, se volteó y siguiendo la actitud de los arcángeles, dejó reposar su cuerpo sobre su rodilla.

El universo todo, prestó su atención al momento que se vivía en el reino de la Tierra. El cielo esperaba expectante la resolución; el infierno se unió en un rezo satánico, abogando por aquello que había esperado por años.

El gesto de sumisión fue recompensado con una mano que tomó su barbilla y lo instó a ponerse de pie, a la vez que lo invitó hacia un costado. Allí sentados frente a frente por primera vez después de incontables eones, padre e hijo se encontraron para hablar de corazón a corazón. La última vez que se vio algo semejante fue en el Paraíso de Adán.

Capítulo 8:

El despertar

Detén tu imaginación aquí, en este preciso evento y escucha con atención, pues te revelaremos nuestra identidad. Dada la premura de nuestros tiempos, te daremos la versión corta.

Comenzaremos diciendo que hubo una vez un niño concebido en el pecado de la juventud de una joven y moderna hechicera y un artesano del hierro quienes, perseguidos por la intolerancia de lo desconocido y la brutal rectitud de la moral, debieron huir de su pueblo natal, abandonando al niño recién nacido para asegurar su supervivencia.

Aquellos fueron años aciagos para las personas, ya que el mundo intentaba en forma equivocada de volver al rumbo correcto. Si has oído las historias de Salem, te diremos que eso fue una travesura de niños comparado con lo que pasó en esos días. Ni siquiera aquella injuria conocida como la Santa Inquisición fue tan cruel para con el espíritu y la carne.

El niño fue dejado en las escalinatas de cierta iglesia pequeña, en un barrio abandonado de Dios, donde fue recogido por un joven sacerdote y su ayudante, una monja joven que estrenaba sus hábitos. Dicen las malas lenguas que lo descubrieron en el amanecer del 23 de noviembre de 1965, el día en que hubo un espeluznante eclipse de sol anular, vulgarmente conocido como eclipse del anillo de fuego. Recuerda que todas las leyendas tienen su base en hechos reales aunque no sabemos decirte cuál es cuál.

El mito dice que cuando la joven monja se acercó para recoger al bebe, un colibrí o picaflor apareció revoloteando al infante y dejó caer en su pecho descubierto, una ramita del árbol conocido como Roble. Otros te dirán que lo sorprendente fue revelado cuando fueron a asear al niño, ya que descubrieron varios signos grabados en su piel, a saber: una V en su frente, un círculo en su cabeza y una mancha semejante a un racimo de uvas en su pierna izquierda. Todos estos símbolos relacionados de alguna manera con antiguas religiones paganas.

El niño demostró desde pequeño grandes aptitudes. Leer y escribir tempranamente fueron de sus menores logros. Viviendo en una casa religiosa, se embebió completamente en los temas relacionados con la religión, pero su curiosidad lo llevó a interesarse por todas ellas, no sólo una sino el conjunto. Para cuando llegó a los cinco años ya hablaba Latín con la fluidez de un Romano Imperial. Su apetito de conocimiento fue creciendo de tal modo que llegó a dominar varias ciencias, según se sabe, arqueología, historia, religión, mitología, teología, etc. Cualquier tema que explicara o tratara el nacimiento de la humanidad y su evolución, causaban una verdadera pasión en él. Finalmente a los quince años, con la llegada del eclipse solar de 1980, abandonó la iglesia para no regresar más.

Se cree que fue en esta época donde adquirió conocimientos de lucha, esoterismo y otras artes olvidadas en la memoria del hombre. Lo cierto es que se dio a conocer al mundo durante el mes de noviembre de 1985, coincidiendo con el eclipse total de sol de esa fecha. Lo hizo a través de una nueva tecnología sólo disponible por aquel entonces para el gobierno, las universidades o los grandes grupos de profesionales que, con el tiempo, conoceríamos como World Wide Web (Internet). Algunos locos dicen que en algunos lenguajes esto se traduce como 666 o el número de la bestia. Vaya uno a saber el alcance de la imaginación de las personas.

Para cuando la red mundial se hizo accesible para las personas comunes, él ya tenía formada la raíz de su movimiento, por lo que no le costó absolutamente ningún esfuerzo multiplicar su visión cosmopolita del futuro a millones. Así nació nuestro movimiento.

Nadie que esté vivo sobre esta Tierra, sabe cuando le llegó la revelación, pero si sabemos cómo le llegó y cómo eso alteró nuestra percepción de la realidad y de la vida. Este hombre común tuvo un primer sueño, agitado y turbulento. Le llegó como una voz que repetía constantemente "*el fin está aquí*". Mordaz e inquisitivo como nació, intentó entender el mensaje pero era tan simple y escueto que debió armarse de paciencia y rezar para que la información se ampliara. La noche siguiente tuvo las primeras imágenes. Fueron inmisericordes con su mente, martillando sobre sus creencias, robándole su inocencia religiosa.

La respiración entrecortada, los ojos desorbitados y un dolor lacerante en la cabeza, así fue luego su despertar. Meditó todo ese día sobre su extraño sueño, preguntándose si aquello era una premonición. Las personas se reían de este tipo de cosas y de quién las mencionaba. Habían existido tantos fines del mundo que la gente ya no creía en su existencia, como así tampoco creían en un Dios supremo que vendría a juzgar a vivos y muertos, nadie tenía esa potestad.

Aquel no fue un día para comer, sus actos estuvieron cargados de una urgente necesidad de conocimiento. A través de la red, se contactó con personas comunes y profesionales que se dedicaban a este tipo de cuestiones en forma seria y formal. Febrilmente buscó y rebuscó hasta en los lugares más oscuros del conocimiento humano. Para el atardecer del tercer día, cayó desmayado por la falta de alimentos, pero ya tenía en su mente las piezas del rompecabezas más grande que existía en la historia de la humanidad desde la propia Creación.

El quinto día despertó hambriento de conocimiento y comida real. Decenas de visiones más le llegaron en sueños aunque esta vez, al despertar, supo como interpretarlas, dado el conocimiento adquirido en los días recientes. Luego de prepararse un buen desayuno, comenzó a poner en orden sus cosas personales.

Necesitaba tiempo, mucho tiempo libre. Al séptimo día, tomó su investigación más todo lo revelado y se lo transmitió a un grupo de gente de confianza a través de la red de redes. Siete meses les llevó analizar la información y llegar a una conclusión unánime.

Lo primero que hizo el grupo fue autodenominarse como "*Sagitario*". Encontrarás muchos escritos sobre el por qué fue elegido este nombre para el grupo. Unos te dirán que está relacionado con Jesús. Otros te hablarán de su significado cabalístico (el arcano de Job). Algunos te dirán que está relacionado con el infinito y otros que se trata del Nuevo Orden. Sólo los fundadores conocen el mensaje que quisieron transmitir con este nombre.

Lo importante es que esas voluntades, con una visión clara del futuro develado, al juntarse crearon un ejército, el más grande y poderoso que existió jamás sobre el planeta. Ocultos de las miradas indiscretas, desarrollaron tecnologías que van más allá de tu imaginación y lograron conocimientos que aún no han sido develados. Ellos lograron llegar a la piedra basal de la ciencia al lograr finalmente fusionarla con la religión y el esoterismo. De esta manera fue que descubrieron la existencia de los reinos.

Con el tiempo descubrimos que no estábamos solos en nuestra cruzada. Existían seres de los otros reinos que nos podían ayudar y convertirse en nuestros aliados. También descubrimos que ese raro sentimiento que tenemos los humanos de creernos únicos, no se acercaba en lo absoluto a la realidad. Existen reinos con los que no has soñado siquiera, seres que sólo están en tus cuentos de hadas y maravillas que van más allá de tu imaginación. Nosotros lo hemos visto todo y como no nos creemos los amos de nada, estamos aquí, dispuestos a dar nuestras vidas por defender la tuya y ofreciéndote todo este conocimiento, para que despiertes a la verdadera vida.

Como ya habrás podido darte cuenta, no distinguimos raza, credo o condición. Sólo somos hombres libres con una causa justa y dispuestos a dar la vida por sus creencias y por el bien común. Entendemos tu incredulidad, comprendemos tu desconcierto, pero no tienes tiempo: el mundo tal cual lo conoces se termina, no habrá un mañana si no logras entender nuestro mensaje. ¡Levántate y anda! Le dijo el Señor a Lázaro, nosotros te decimos ¡Levántate y defiéndete! Nuestras vidas y nuestro sacrificio te darán el tiempo necesario para entender y prepararte, pero necesitas levantarte.

Mira al frente y lo verás. Ese hombre, el primero de todos, está allí, enfundado en un traje negro rematado con una brillante y dorada armadura. Es el último guerrero que le queda a la humanidad. Es nuestro campeón.

Capítulo 9:

Un día de comunión

Mientras tomaba asiento, el hombre vestido de negro, miró a su alrededor. *Están todos aquí*, pensó. Vio muchas caras embravecidas con odio y desprecio en la mirada y eso le causó pena. Aunque lo suponía, hubiera querido que algunos hubieran cambiado su postura, que hubieran entendido su causa. Nuestra causa.

Un día entero hablaron los dos hombres. Cada uno expuso su punto de vista, defendiendo sus creencias. Hablaron del pasado, el presente y el futuro. De lo que fue y lo que no pudo ser. En ningún momento pudieron sacarse ventaja, ya que ambos estaban amparados en la razón y la verdad, sólo dependía del lado de la vereda en la que se estuviera. Finalmente decidieron hacer una pausa en esta suerte de negociación. Estábamos como al principio.

El hombre de negro, se levantó y se estiró. Estaba adolorido y hambriento. Lucía, apenas lo vio de pie, se apresuró a servirle una jarra de vino y una hogaza de pan en una mesa aparte. Luego llevó la misma orden para el hombre del tren, disculpándose por no servirlo primero. Ella tomó coraje y le preguntó -*¿Es verdad, Señor? No lo entiendo, por qué darme si luego vas a quitarme. Me devolviste un pedazo de mi alma y ahora intentas arrebatármelo cual déspota que da y quita a su antojo. No lo entiendo, Señor*- Diciendo esto, enjugó las lágrimas que habían brotado, bañando su rostro muy a su pesar. Luego se dio vuelta y huyó a su refugio tapando las perlas de dolor e incomprensión que caían sin cesar sobre el frío piso de la estación.

El hombre de mil rostros estiró su brazo queriendo sujetarla. Quería explicarle, pero fue en vano, cómo querer detener el destino. Miró al otro hombre con los ojos nublados y humedecidos, pero no recibió ni una palabra de aliento. Pudo sentir en el aire el reproche por su actitud, se sintió desconcertado y volvió la mirada al vino en la copa. Era una copa de carpintero.

El murmullo del gran salón de pronto huyó despavorido por un nuevo acontecimiento, dejando al silencio, como único rey del lugar. Pegados a la pared avanzaban lentamente y con sigilo los guardias, atravesando la estación protegiendo con sus cuerpos a los niños. Sus rostros expresan temor y su actitud valentía. Aunque nunca lograron comprender que estaba pasando, ahora pueden ver por la gracia divina y lo que ven y escuchan los asusta hasta calar sus huesos. Algunos niños lloran calladamente, mientras otros miran con rostro desafiante a esos seres radiantes, que les devuelven la mirada con vergüenza en los ojos. Al final del grupo viene Galahad junto a Lancelot cubriendo la retaguardia. Al llegar al centro, ella se detuvo. El niño intentó detenerla tomándola del brazo, pero ella se soltó con gran decisión. Avanzó por entre medio de gigantes sin temor, con majestuosidad, se paró frente al hombre del tren y lo miró directamente a los ojos, desafiante.

Lucía, al ver esto, corrió desesperadamente hacia la niña para protegerla. Intentó cubrirla con su cuerpo desgastado por los años y la buena cocina, pero la niña tomó el rostro de la mujer con ambas manos y le dio un beso en la frente, para luego separarla. Volvió a enfrentar al hombre y con la sencillez y la verdad que Dios le dio a los niños, le dijo secamente -*¡Eres un hombre malo, al final te quedarás solo!* Dicho esto, tomó de la mano a Lucía y la sacó de aquel lugar de maldad junto a los niños y los guardias. Justo antes de salir, se dio vuelta y mirando en dirección al hombre de negro, le dijo —Estamos afuera, esperamos por ti- A lo que el hombre respondió con una sonrisa paternal.

La comunión de los hombres había iniciado.

El hombre de negro ahora de pie al lado de la mesa, le dedicó una mirada profunda de orgullo y emoción a la niña, a la vez que con un gesto suave pero firme los instó a retirarse. Luego dirigió sus ojos hacia las oficinas donde se veía a Susana ir febrilmente de un lado para el otro. En un momento determinado, ella se detuvo en seco, como si finalmente hubiera terminado una larga búsqueda. Se dio vuelta y miró a través de los grandes ventanales en dirección a los hombres. La escena surrealista que se presentaba ante sus ojos, superaba cualquier experiencia que hubiera tenido hasta ese momento, en ese momento los niños abandonaban la estación. Con infinita ternura miró al hombre de negro y le hizo una señal con su mano, indicándole que la espere. Luego bajó de prisa, con la cabeza baja, cruzó todo el salón hasta llegar a su lado.

El hombre de los cien nombres, la siguió con la mirada y le dijo —*Es tiempo*- A lo que ella respondió —*NO*- a la vez que tomaba las manos del hombre de negro y depositaba un pequeño portarretratos entre sus dedos. Sin quitarle la vista de encima le dijo —*Este era mi mejor amigo, Pedro. Sólo pregúntale si él está ahora con su hija o si eso también es una mentira*- El hombre volvió a cruzar miradas con aquel que decidía el destino de la humanidad y preguntó sin palabras. Un Ángel atravesó rápidamente el espacio que lo separaba de los hombres y la mujer, respondiendo por aquel, que atribulado por su conciencia se encontraba perdido y sin repuestas —*Él está adonde pertenece y nos apoya libremente, se encuentra sumamente decepcionado de tu proceder jovencita*-

-*No*, volvió a decir ella. *Si tan solo hubieras conocido a Pedro por un instante, sabrías que él no era un luchador. Sólo era un padre en busca de su amor perdido. Su hija era su único motivo de existir, yo era como una hija para él y él era como mi padre. Sin importar lo que yo hiciera, jamás lograría decepcionarlo, porque él nunca pidió, sólo supo dar*-

Una luz cegadora se abalanzó sobre Susana, por lo que el hombre de armadura dorada, la protegió con su cuerpo, mientras se escuchaba la voz de un trueno — *¡Alto!* - El Ángel se detuvo de inmediato y replicó —*Señor, por qué permites semejante ofensa, déjame tomar su vida y entregarla al sufrimiento eterno del Purgatorio*-

-*¡Basta!* rugió el trueno y el cielo pareció partirse en dos —*Nadie tocará a este hombre o esta mujer*-

El hombre junto a la mujer, agarró el vino y la hogaza de pan, avanzó sigilosamente cubriendo con su cuerpo todo el tiempo a Susana, hasta llegar frente al padre de todos. Colocó sobre la mesa los productos y le dijo —*¿Ves, Padre? No alcanza un poco de vino y pan para hacer lo que te plazca*- Luego dirigiéndose a todos los presentes, habló en voz alta y les dijo —*A todos Ustedes los conozco. Hemos estado en mil batallas, en cientos de noches frías en las calles y sin embargo se atreven a traicionarnos. Nos han visto ser concebidos, han estado al lado de nuestras madres al nacer, nos acompañaron al crecer y ahora nos abandonan. No creo que, después de hoy, puedan mirar su alma con tanta superioridad. Se han convertido en aquello que tanto detestan. Lucifer los derrotó*-

Avanzó con Susana de la mano hacia la puerta principal con decisión y firmeza, sin temor y plenamente convencido de haber intentado y en el camino haber dado lo mejor de sí. Antes de cruzar la puerta, se dio vuelta y les habló por última vez —*Recuerden: hoy el hombre ha realizado la comunión consigo mismo, nada de lo que vendrá fue imaginado y sin embargo la culpa es toda suya*- Luego comenzó a atravesar el portal y sin darse vuelta gritó a los cuatros vientos —*Tienen hasta el día de mañana para retirarse. Luego de eso, que el propio cielo los maldiga por toda la eternidad*-

El hombre con la mujer, avanzaron hasta donde lo esperaban los otros. Él tomó de la mano a la niña y, con paso decidido, los guió hacia el poderoso ejército. Ese día se conocerá como "la comunión y el éxodo de los santos inocentes". Cuando llegó frente a sus tropas, se sentó apesadumbrado. Sus generales lo miraron y comprendieron que todo era inútil, el día era inevitable.

Aquello que está escrito, escrito está y se puede posponer, más no revertir.

Capítulo 10:

Ante los muros de Jericó

Rápidamente, los soldados guiaron a los niños y a los adultos de la estación lejos de aquel lugar de pesadumbre y decepción. Otros como ellos habían recorrido nuestra ciudad, enviando a la gente más allá de las montañas, donde estuvieran a salvo. No es que hubiera un lugar especial en la tierra donde poder ocultarse, pero el instinto los obligaba a intentar protegerlos.

Las horas pasan. El atardecer teñido de rojo, presagio de un futuro lleno de dolor y sangre, se muestra en el horizonte. Durante todo el día, han estado llegando más y más Ángeles, Serafines y vaya uno a saber cuántas cosas más. El cielo, ese cielo tan humano que admiramos cada día de nuestras vidas, ha sido bombardeado con luces multicolores las que, una vez que toman forma corpórea, han ido tomando posiciones enfrente a ese ejercito de voluntades humanas que ahora, con las últimas luces de la tarde, parece pequeño. Un manojo de almas enfrentadas a la suma del poder del universo.

El hombre de dorada armadura, nuestro campeón, recorre junto a sus capitanes el campamento, deteniéndose en cada fuego para hablar y alentar a sus hombres. Sabe que no necesita decirles lo apremiante de la hora, ya que están aquí junto a él por decisión propia. Por amor a la humanidad. No ve temor en sus ojos ante la certeza de la muerte definitiva, sino nostalgia y preocupación por los que han dejado atrás. Padres, hijos, amigos, amores, están en la distancia y esta parece ser un abismo infranqueable. Sin embargo, vale la pena estar hoy aquí. Buscan el calor de los compañeros para arrullar las penas del corazón.

La noche cae, impasible de la remembranza y los anhelos. La estación parece un parque de diversiones, iluminada por luces de arco iris que llaman a las almas para quemarles las alas, como las polillas con la luz de neón. El inocente reloj de la gran estación, tocó doce campanadas anunciando la llegada de la medianoche. Antes de que se perdiera en la memoria el último sonido, se escucharon los cuernos y los tambores que inspiraron a Dante cuando describió al infierno.

Llegaron cantando y marchando a un solo ritmo, el de sus lanzas chocando con sus escudos. Las armaduras rojas parecían estar hechas de fuego y brillaban en la oscura noche, semejando un voraz incendio. Él avanzaba al frente, majestuoso, como un rey. Cuando llegó frente al hombre de negro, descendió y se paró frente a él, mientras su extraño e infernal ejercito tomaba posición delante de los hombres, quedando directamente de frente a las fuerzas celestiales. Mientras estiraba su mano para estrechar la del hombre, pronunció —*Estuve el día de tu creación, cuando te expulsaron del Paraíso, te he acompañado en cada tramo del camino, estuve en tus tristezas, en tus locuras, en tu ira y hoy humildemente estoy aquí de nuevo, junto a Ustedes, si así lo permiten, para luchar codo a codo, hasta el final mismo, sin importar cuál sea este-*

Los hombres murmuraron. Los capitanes miraron a su general esperando su repuesta. Las reglas del espacio-tiempo se resquebrajaron. Sus miradas se cruzaron, son dos seres hermanados por la misma causa y el mismo dolor. Nuestro Campeón no esperaba este aliado aunque, si había orado por cualquier tipo de intervención, por más pequeña que fuera. Lo miró y apretó firmemente esa mano que lo buscaba en la oscuridad. Se imaginó por un instante el Paraíso y vio a su ancestro, Adán, tomando la manzana.

Los hombres dejaron de lado por un instante su resignación y permitieron que sus corazones gocen con el giro de los acontecimientos. No hubo palabras ni abrazos entre los soldados y los recién llegados, únicamente miradas de aprobación y apoyo. Aunque ellos sabían que esto quizás no cambiaría el curso y el destino de la batalla, los hizo sentirse un poco menos locos y quijotescos.

El campeón y el majestuoso rey miraron fijamente la gran estación que se encontraba al otro lado del campo. El hombre lo miró de reojo y lanzó la pregunta -*¿Irás a ver al Padre?* El silencio se comió el tiempo. Finalmente una repuesta dolorida llegó a sus oídos *—No, es una perdida de tiempo. Durante siglos he intentado acercarme a él, pero mis hermanos siempre se interpusieron. Estoy convencido que no quiere escucharme. Sólo le importan sus leyes y sus razones-* El hombre lo miró con tristeza y le respondió *—Este es un momento único en la historia y tal vez sea la última oportunidad que tengas para hacerlo. Tal vez deberías intentar al menos una vez más-* Luego encendió un cigarrillo y se perdió en sus propios pensamientos.

El recién llegado nunca supo cuándo ni cómo, pero sus piernas lo llevaron frente a sus hermanos. Ninguno de los presentes tenía el poder para detenerlo, así que optaron por abrirle camino hacia la estación. La noticia corre como un río, el caído esta aquí. Su armadura parece encenderse frente a sus pares. Avanza lento con gran expectativa en el corazón. Han sido cientos de años pero el recuerdo aún era vívido y quemaba en su pecho. Finalmente llegó al pórtico central, abrió las puertas de par en par, dejando pasar a la noche. Al principio fue un murmullo descuidado que creció hasta convertirse en un pandemónium histérico de voces que vociferaban, aullaban y guardaban silencio. El hijo mayor cruzó las distancias con grandes zancadas hasta alcanzarlo, deteniéndolo *—No eres bienvenido en este lugar ni en ningún otro donde mi Señor reine-* lo increpó con tono altivo y amenazante.

Él lo miró directo a los ojos. Una lágrima pujaba por salir pero no lo permitió. Ese es un lujo de los humanos que lo esperaban allá afuera. Con tono sarcástico, le dijo *—Por cada vez que tu lengua se mueve, te pareces más y más a mí. Ten cuidado de no convertirte en lo que más odias. No he venido a pelear contigo, aún no. Quiero la oportunidad de* *hablar nuevamente con mi padre. Ni siquiera tú puedes negarme ese derecho-* Dicho esto, lo desplazó con un brazo e intentó avanzar, para encontrarse con mil lanzas apuntadas a su pecho.

Sin importarle el frío metal que intentaba alcanzar su corazón, levantó la voz y miró al hombre que aún se encontraba sentado en aquella mesa legendaria donde fuera rechazado por los hijos de Adán, con la cabeza atrapada entre sus manos en muestra de cavilación y desasosiego. El anciano, porque eso parece, levantó la vista, cansada y casi sin voluntad, moviendo su brazo en señal de permiso concedido. Estaba tan abatido que no podía rechazar esta visita. Las miradas se cruzaron. Los ojos escudriñaban los rostros en busca de repuestas que estaban más allá de la razón. Con voz grave aseveró *—Sabes que no eres bienvenido. ¿Por qué estás aquí? No hay nada que no haya sido dicho-* La repuesta no se hizo esperar *—Quería oírlo de tus labios y no de mis hermanos, que cada día se parecen más a lacayos dóciles, que a lo que en realidad son-*

-Veo que sigues convencido de mi error y que aún te arrepientes de haberme dado la vida, ¿cuánto sufrimiento hace falta para que reconozcas que puedes equivocarte?- Dijo, mientras golpeaba la mesa. Los ojos reprobadores, le contestaron en forma tajante *—Soy tu padre, me debes respeto y devoción, equivocado o no, debiste estar a mi lado. Tu altivez, llena de dolor a tu gente. Sólo tú eres responsable del sufrimiento que vives. ¿Cómo puedes convivir contigo mismo sabiendo que tu arrogancia te alejó de tu familia y provoca tanto dolor? Si hoy te enfrentas al cielo ya no podré detener a tus hermanos y finalmente deberás pagar el precio de la vanidad-* Diciendo esto se dio la vuelta, dándole la espalda en señal de rechazo y como afirmación de su decisión.

Las lanzas volvieron a tocar la armadura de aquel que es un rey sin corona, misma que pareció arder de impotencia como si tuviera voluntad propia. Se tomó su tiempo. Fue mirando a los ojos de cada uno de los presentes como si quisiera guardar el recuerdo de este momento en el fondo de su alma. Ahora sí, esa lágrima que pujaba por nacer desde que llegara a la estación, brotó quemando su rostro. No hizo ningún esfuerzo por ocultarla o secarla, sólo la dejó cumplir su destino mientras se daba vuelta y se dirigía hacia la salida. Se detuvo frente a los portales y a través de ellos pudo ver al ejército celestial listo para la faena mientras que, en la distancia, se veía a sus hermanos, su gente, aquellos que estaban dispuestos a dar la vida junto a la suya.

Aunque quiso no pudo evitarlo y sin darse vuelta les gritó a sus oídos –*Aquellos que ven en la distancia y que tan livianamente juzgáis, están dispuestos a morir a mi lado, al lado de vuestro hermano, mientras que vosotros, cegados por la ira y una obsecuencia absurda, estáis desesperados por verter mi sangre. De verdad os digo que no sé quién vencerá, si nuestra causa es justa o no, o si todo esto es sólo el delirio de un loco niño con el poder suficiente como para jugar con nuestras vidas. Lo que sí sé, es que cuando haya cruzado esta puerta no habrá reconciliación posible. El futuro se habrá desvanecido y vais a ser culpables de genocidio. Como sea, que el mañana los maldiga por toda la eternidad por vuestra necedad-* diciendo esto, abrió las puertas de la estación y se fue en dirección del amanecer, que ya está asomando por el horizonte, en busca de sus hermanos.

Capítulo 11:

Judas

El hombre lo vio venir a la distancia y salió a recibirlo. Lo tomó con sus manos de sus hombros y le quiso dar consuelo, al fin y al cabo compartían el mismo padre y sufrían su desdén de la misma manera *–Nuestro Padre, se arrepentirá y seguramente gozaremos de mejor aprecio en nuestra próxima vida. El día ya está decidido y las cartas están sobre la mesa. Atrás quedan los rencores, debemos pensar en el amor de los que nos siguen. Para eso que tanto nos aflige y nos duele, nada ha cambiado, pero hemos cambiado nosotros. Míranos, míralos, estamos unidos, los reinos del infierno y la tierra peleando codo a codo. Olvida y hazlo pronto. Tú estas por encima de rencores o desamores. Ven, desayunemos y preparémonos para afrontar nuestro destino–*

Lucifer lo miró y no pudo menos que sentir amor y devoción por aquel que, no sólo lo entendió, sino que además a tenido el valor de hacer lo que él debió hacer hace tanto tiempo atrás. Le devolvió una sonrisa sarcástica y le dio un par de golpecitos sobre la pechera de la armadura, mientras le decía: *Va a ser un largo y hermoso día, con escudos rotos y espadas quebradas pero, sin lugar a dudas será nuestro–*

Diciendo esto, los dos colosos se dirigieron hacia el centro de este puñado de locos, que en horas enfrentarían la ira de aquel que, únicamente supo engañarlos con un amor deshonesto, vulgar y soez, tan propio de quién los enfrenta en estos días terribles para la humanidad. Hombres y Caídos, los vieron juntos, decididos y altivos, sin temor alguno en sus rostros y victorearon sus nombres, golpeando sus escudos, los tambores resonaron en claro desafío al cielo, tan hostil y desdeñoso.

El hombre que alguna vez llegó en el tren daba vueltas por el gran salón, de a ratos vociferaba ideas. No entiende cómo esa niña, una de sus favoritas, se atrevió a dejarlo, ni hablar de los comunes, cómo es que prefieren enfrentarlo a seguirlo. No logra entender qué es lo que está mal. *Seguramente son sus almas que están corrompidas por la decadencia y la falta de fe.*

La verdad, escondida tras la puerta de la razón, no se atreve a salir. Es sabido que no nos es fácil decir *"me equivoqué"*, tampoco es sencillo pedir perdón. Aunque el cielo lo pregone, él no está muy dispuesto a darlo o pedirlo. Las horas pasan y sigue sin comprender. Es tan grande su ofuscación, tan inconmensurable su irracionalidad, que sujeta a la verdad con cadenas de justificaciones y la oculta en la torre más oscura de su alma.

-Cómo es posible- se lo escucha gritar *—mis propios hijos, les dí todo y así me pagan-* Acto seguido se sienta nuevamente frente al pan y el vino, mirándolos sin encontrarle sentido alguno a su significado. El cielo afuera lo acompaña en su sentir y desconcierto, tiñéndose de gris, bañando todo con una suave llovizna y bajando la temperatura para permitir la reflexión. Los ejércitos avivaban los fuegos, cobijándose en la hermandad, a la espera de ese segundo que cambiará la historia para siempre. Es un día para enamorados. Un amanecer lluvioso que predispone a la modorra de los amantes, recostados, fusionándose en un abrazo que desdibuja la piel. Pero el amor parece una cosa del pasado, algo que resuena en la memoria como cuando perdemos algo y no sabemos con exactitud qué fue.

Con la primera campanada del mediodía, llegaron las noticias y con ellas la certeza del desenlace, pero también el dolor de la traición. Haber dejado tanto atrás para que unos pocos por unas bulas que valían menos que el papel en la que estaban escritas, los traicionaran así. Comprar el perdón y la salvación, algo tan envilecido y demoníaco como la mismísima Santa Inquisición.

Algunas naciones del otro lado del mar, temerosas del resultado de la campaña, optaron por seguir el orden establecido, seguros de que sólo recibirían una reprimenda cual niño travieso, vendiendo su alma inmortal por una seguridad que nunca llegará. Ahora se pueden ver entre Ángeles y Serafines, banderas de naciones que hasta el día anterior se detestaban, unidas en la iniquidad y la traición. Judas se levanta de entre los muertos y negocia nuevamente con el Sanedrín, su absolución.

La dualidad y liviandad del espíritu humano, se hicieron presente una vez más. Lideres cobardes que no se atrevieron a tomar al destino por las astas y luchar por el bien de su gente. La traición estaba consumada, estaban aquí, sus banderas ondeando con la suave brisa. Imposible no sentir el dolor lacerante de lo inexplicable. Los ojos del hombre de negro, se llenan de lágrimas al conocer la noticia, aún así se dirige rápidamente hacia el frente de las tropas. Debe llevar tranquilidad a sus hombres, darles la seguridad de que su lado es el correcto y que aquellos hermanos que ahora se encuentran enfrente, han equivocado el camino.

Aquel conocido popularmente como Lucifer, ya se encontraba en posición, analizando la situación. Al ver llegar al hombre, lo miró con serenidad en los ojos y le dijo al oído —*Era de esperarse. No muestres desconcierto o pesar. Ahora más que nunca necesitamos la razón de nuestra parte*- El hombre lo miró y, poniendo su mano en el hombro de su interlocutor, dijo amablemente —*Tranquilo, lo intuíamos, pero no queríamos creerlo. Mi gente esta aquí por una razón más que justa y son conscientes de ello. Han venido libremente, no por dogmas o palabras dulces, sino por el convencimiento de su propia razón*- A continuación, lo invitó a mostrarle la situación y junto a los capitanes, avanzaron unos metros para una mejor visión.

Uno de los capitanes, aprovechando este momento de intimidad, habló con los dos lideres en nombre de sus compañeros —*Señor, cada vez son más y la derrota es segura. Sabes que conocemos a la perfección nuestro destino y las causas por las que estamos aquí, pero sólo queremos tu sincera opinión: ¿Crees que nuestro sacrificio servirá para cambiar el futuro?*- Otro de los componentes del grupo, carraspeó y comentó —*Ver a otros humanos allí me hace dudar de nuestro sacrificio y propósito. ¿Es posible que ellos no vean más allá de sus propias narices? ¿No entienden el dolor que causarán a sus propios afectos?*- Un tercero dijo con voz grave –*No distraigan al General con gimoteos de mujer. Estamos aquí no porque nos hayan traído a la fuerza o con engaños, tampoco vinimos siguiendo a un líder. Vinimos por nuestra propia voluntad, por nuestras creencias. Si hoy un hermano mío de sangre, me dijera que quiere irse con el otro bando, yo no dejaría de pelear por eso, por el contrario, lo haría con más ahínco, para justamente rescatar a mi hermano de sus propios errores-*

Aquel que fuera un hombre común y al que las circunstancias lo habían convertido en General de este minúsculo ejército de voluntades comparándolo con su rival, los escuchó con atención como si estuviera meditando las palabras, aunque en realidad, sólo estaba pensativo elaborando una nueva estrategia ante los eventos presentes. Sin embargo se dio vuelta y les dijo a sus compañeros –*Dense la vuelta, miren a todos esos hombres allí. Los hay de todas las razas, sexos, colores y creencias. Están junto a nosotros por voluntad propia, han abandonado a sus hijos, parejas y amigos, por defender a la humanidad, para brindarles una oportunidad a nuestros hijos. Esto que esta pasando aquí, no se trata de una rivalidad de creencias o de un concurso para ver quién tiene la razón. Tampoco se trata de la victoria en sí misma, sino de conseguir una oportunidad y de despertar en las personas una nueva conciencia. Si terminada esta batalla me dijeran que tan sólo uno de los que nos acompañan o que dejamos atrás, logró entender lo que aquí estamos defendiendo, para mí haber entregado mi vida, sería el precio justo, porque quiere decir que logré mi objetivo, un mañana para todos nosotros-*

Diciendo esto y con una sonrisa, en un abrazo generoso por su tamaño, empujó a sus compañeros de vuelta al campamento –*Vengan, alejen esas tribulaciones de sus mentes. Vamos a tomar una copa de vino y planear los eventos que se avecinan-*

Ángeles, Serafines, Querubines y hombres, han estado tratando de manipular la mente de aquel que llegara en el tren, intentan volcar sus pensamientos hacia sus causas. No quieren esperar otros dos mil años de idas y vueltas, están cansados de tanta vigilia, de tanta indecisión. El hombre ha recuperado el ánimo, luego de la llegada de los hombres del otro lado del mar. Ese pequeño acto como que le ha devuelto la confianza en sus propias creencias. Ya no se sentía tan equivocado como en estos días. Su decisión primaria parece tomar fuerza a medida que pasan las horas. Ahora le parece casi irrisorio que se haya sentido juzgado por sus propias creaciones, es inaudito que los hijos cuestionen a los padres.

Con el arribo de los primeros minutos de la noche, toma una decisión. Llama a todos los presentes y comienza a dibujar su estrategia. Está dispuesto a llegar hasta las últimas consecuencias, para enviar un mensaje claro y contundente a todo el universo. No se discute, se obedece. Su primera determinación es terminar de una vez y para siempre con la rebelión del infierno y ordena que la mitad del ejército celestial, avance sobre el mismo para tomar su control y acabar con esta abominación nacida de la soberbia e irreverencia de Lucifer. Segunda orden del día, en la mañana se deberá avanzar sobre las posiciones de los hombres, hasta lograr sofocar este inútil grito de niño malcriado que ha tenido una parte de la humanidad.

Cegado por su egoísmo y con sus oídos saturados de maledicencia, planea y da órdenes. No deben quedar rastros de tanta sublevación inútil, el cielo nunca más tolerará actos de insubordinación, no habrá piedad para con aquellos que han osado desafiar al mismísimo Dios. A los Ángeles les promete la total aniquilación de esa blasfemia llamada Infierno y a los humanos, el perdón divino y el regreso triunfal del hijo de Adán al Paraíso.

Manipula los elementos, decide con frialdad los eventos por venir, se siente nuevamente todopoderoso. Su mirada se posa sobre un enorme espejo en la pared de la gran estación y se siente satisfecho de lo que allí ve. Luego se dirige al portal de entrada y abre las puertas para quedar enfrentado cara a cara con ese puñado de almas que lo mira desaprensivamente desde el otro extremo de la razón. Siente algo que no llega siquiera a ser consideración. Está plenamente satisfecho con sus propias decisiones. Mira a todos. Están en franco proceso de preparación para los eventos que se desarrollaran con la llegada de los primeros rayos del nuevo día.

Con un gran suspiro de "tarea terminada", buscó un lugar tranquilo donde colocar una cama y finalmente, luego de tanto trajín, se recostó a descansar, a pesar de que no era domingo, ni era el séptimo día.

Capítulo 12:

Viernes 13, la felonía del Temple

Dice la historia que un viernes 13 del año 1307, los reyes europeos, insidiosamente envilecieron los oídos del Papa y de la Iglesia, dando lugar al acto más vil que haya presenciado la historia a hombre cristiano alguno, desde la traición de Judas. De un plumazo y sin contemplación, se destruyó a los Caballeros de Cristo. Fueron torturados, perseguidos y degollados sin misericordia. Sin embargo, unos pocos lograron escapar de la maldad reinante y huyeron, escondiéndose hasta el presente en los sótanos de la humanidad.

En Edén, durante toda la noche, los ejércitos contendientes han estado en incesante actividad, preparándose para la llegada del amanecer.

Con el arribo de la luz del nuevo día, el hombre, el Dios supremo, el Creador de todas las cosas, abrió las puertas de la otrora orgullosa estación de trenes, caminó hacía la escalinata y se detuvo a contemplar a aquellos que se atrevían a desafiar sus leyes.

En su mente, la claridad se codeaba con lo diáfano. Era un ser satisfecho con sus decisiones, narcisistamente convencido de su razón. Miró con desdén a aquellos que lo habían abandonado y con reprobación a los propios que aún no habían tomado partido. Ya no se cuestionaba los por qué ni los cuándo, mucho menos los cómo. Decidido a enviar un mensaje claro y contundente a todo el universo conocido y por conocer. Sabía que la dureza de su decisión y sus actos, serían plenamente justificados con el paso del tiempo, al fin y al cabo, todos saben que el fin justifica los medios.

Luego de esta insana percepción de la realidad, se dio vuelta y regresó al patio de comidas, miró hacia la cocina y deseó ese rico pan que preparaba Lucía. Debería haberla obligado a quedarse, pensó, tendré que conformarme. Acto seguido se dirigió hacia sus generales, había una lección que dar.

Del otro lado, los hombres y los denominados demonios, prepararon sus corazones y se despidieron de sus afectos en una oración antigua. Luego tomaron posiciones y miraron cara a cara a su creador. Jesús, que así se llama nuestro campeón, estaba en primera línea junto a Lucifer, se miraron sin decir palabras, ya que estas sobraban en estas circunstancias, el uno controla el uniforme del otro y al unísono comentan –Nos vemos al otro lado de la mentira- Luego sin temor y con gran orgullo se dirigieron a sus posiciones.

El día había llegado.

No importa quién dio la primera orden de atacar, sólo interesa saber que el grito de ¡Al ataque! destruyó para siempre la mítica alianza del Padre y el Hijo, dejándolo solo y sin un fin al Espíritu. El choque de las armaduras y el sonido de las armas, sumados a los gritos de agonía y dolor, crearon un pandemónium que hiere a la vida misma. Todas las escenas de lucha son iguales, así que de nada sirve que te describa lo que ya sabes o imaginas. Se lucha en tierra, en el aire, con espadas, palos y picas, todo es válido.

La fiereza de los ojos enrojecidos hace palidecer al más duro. Las gargantas roncas gritando para dar ánimos a los hermanos y temor al enemigo, elevaron su sonido por encima del tronar de las armas. No hay piedad o cuartel. El fragor del combate empalideció a la naturaleza misma que, horrorizada, corrió a ocultarse en lo más denso de la jungla. El sonido estremecedor de la lucha llega hasta los oídos de aquellos que fueron ocultados. Las madres desesperadas rezan de rodillas sin saber a quién, finalmente se vuelven plenamente conscientes de que los valores de la fe, el dogma y la doctrina están desechos entre los combatientes, perdidos para la eternidad. No hay piedad.

Por cada segundo que pasa, el combate se vuelve más feroz. Nadie intenta tomar prisioneros. La muerte abandona el campo de batalla, inútil en su propia esencia, huye despavorida, tratando de reencontrar su fin. Hacia el mediodía, las trompetas celestiales llamaron a retiro. Era imperiosa la necesidad de preparar una nueva estrategia ya que aquello que debía ser un trámite, se ha convertido en un imposible. El hombre del tren, que estuvo todo el tiempo parado allí en medio de la gran escalinata, esta sorprendido por la ferocidad y la resistencia, de aquellos que lo desconocen, como si una fuerza divina estuviera guiándolos.

Los generales rodearon a su Señor. Sin poder ocultar su desconcierto. Pronto encuentran un chivo expiatorio para explicar su fracaso, en aquellos como los Serafines que no han participado de la lucha que, apartados, han visto con lágrimas en el alma como sus hermanos se han matado sin sentido alguno. Las bajas en ambos ejércitos son grandes, pero no suficientes cómo para amedrentarlos a enfrentarse de nuevo. Aún no se distingue a un ganador.

Aquel puñado de locos soñadores que defienden nuestra causa, recorre ahora el campo de batalla recogiendo a sus heridos y sus muertos. Pronto enviaron un mensajero pidiendo una tregua prolongada para dar digna sepultura a los caídos en combate. Las piras funerarias se alzaron por todo el frente de batalla y un extraño cántico, en una lengua muerta se alzó en conmemoración.

El Cielo esta ansioso y furioso. Ya no quiere justicia o aplicar un correctivo, ahora solo anhela la venganza. Las huestes angelicales fustigan sin cesar a aquellos que se encontran sin intervenir, acusándolos del resultado parcial de la jornada. La espera es corta en términos celestiales. Una nueva estrategia nació en el genio divino del Padre de todas las cosas y satisfizo a los generales. Se atacará al infierno. Pronto partieron mensajeros para movilizar a los ejércitos del Señor, que tenían asediado al averno, para dar fin a su existencia. Dividiendo al enemigo, piensan, se logrará rápidamente ganar la batalla y el orden será restablecido. Los secretos y el recelo se adueñaron de la situación. Nadie confía en nadie y así, sin saberlo, comienzan a caminar el trágico camino de la destrucción.

Cuando el ejército de la luz, atacó inmisericordemente al infierno de Dante, el resto de sus tropas en el reino de la tierra inició también un ataque sorpresivo sobre los humanos, en un intento maquiavélico de acabar con los paganos y lo impíos. Dos pájaros de un tiro, suele decirse.

Las huestes de la tierra se batían ferozmente contra la inmaculada maldad de aquellos que otrora fueran fuente de su fe, cuando arriba la noticia del vil ataque sobre las desguarecidas defensas del averno. Lucifer corrió en busca de su aliado, a la vez que trataba de organizar a sus hombres para partir. –Jesús, Jesús- gritó, mientras avanzaba abatiendo enemigos. Finalmente se encontraron en el centro del campo de batalla. Con premura lo puso al tanto de lo que esta sucediendo. Necesitaba partir para defender a los suyos.

Aquel que desafiara a su propio creador por sus hermanos a pesar de ser un simple ser humano, le tomó el rostro con ambas manos a aquel que tiene poderes de un dios pero que había demostrado más humildad que el más simple de los mortales, y lo bendijo con un beso en la frente mientras le decía –Ve, pero no tardes o te perderás la diversión- para luego dirigirse nuevamente al centro del combate mismo.

Los soldados del averno, partieron de prisa abandonando el escenario de la batalla, esto provocó algarabía y júbilo entre las fuerzas celestiales, ahora sí estaban seguros de lograr su cometido. Es en aquel momento en el que, ante la desigualdad y la felonía, aquellos que habían permanecido como espectadores, se decidieron a un tomar partido. Serafines, Tronos y Virtudes, levantaron vuelo rumbo al ejército terrenal. Se colocaron al lado de nuestro campeón y en una mirada de amor sellaron una alianza mortal, luego en un solo grito de guerra se lanzaron a la carrera sobre aquellos que habían perdido el rumbo.

Potestades, Principados y Ángeles se dividieron en dos facciones, a favor y en contra. Pronto las fuerzas de ambos bandos se nivelaron y aquello que debió haber durado lo que una brisa de verano, se convirtió en un eterno infierno de dolor.

La noche llegó y ambos bandos, exhaustos, llamaron a una nueva tregua. Ahora las pérdidas son incalculables, aunque comenzaba a notarse una leve inclinación de la balanza. Aquel puñado de locos rebeldes festejaban entre el llanto por los hermanos perdidos, su nueva alianza. Saben ahora con certeza que ya nada será lo mismo. El destino está cambiando. Las noticias del infierno, son alentadoras: Lucifer ha llegado a tiempo y contiene con bravura a los ejércitos de la luz.

Finalmente la afrenta sufrida aquel viernes 13, está quedando remediada. Los Caballeros de Cristo, con valor y con el sacrificio que de ellos se espera, se han adueñado de la jornada.

Capítulo 13:

Armagedón

Apocalipsis 19:15.
El tiempo como se conoce, ha sido borrado de la memoria. In-
dicar día o noche carece de sentido en este nuevo universo de
imponderables. Sólo sirven para determinar una breve pausa en una línea
de tiempo obsoleta.

El amanecer encontró a todos los actores, preparados y dispuestos para la jornada. Montado en su caballo blanco, aquel
que fuera elegido aún antes de nacer y que debía derrotar para
siempre al mal con sólo la mención de su propio nombre, está al
frente. Su espada de fuego ondea llamas como un látigo infernal,
provocando pavor entre sus enemigos. Está con la mirada perdida en el horizonte, esperando, escudriñando la inmensidad, con
ansias de encontrarlo a él.

Tras los muros de la gran estación, el General de generales
tiene un ataque de histeria impotente. Las noticias no han sido
buenas. Comienza a sentir la desagradable sensación de sangre
en sus manos. Le gustaría ser Poncio Pilatos y lavarse las manos
para sentirse más a gusto consigo mismo, pero eso no es posible.

Ya no habrá más consideraciones ni treguas. Ya que así lo han querido,
participará en la batalla hasta llegar al fin de los tiempos. El arrepentimiento o la culpa se encuentran crucificados en el fondo de
su alma. La ira irrefrenable que controla su ser, lo consume por
completo. No hay en él lugar para al amor.

Sus edecanes se esmeran en su atuendo. Debe verse como el
Rey de reyes. El tiempo, que como una herida abierta va con-
sumiendo a la vida misma, conforme discurre no trae mejores

noticias.

Los Arcángeles se le aproximan y le suplican detener esta locura. Le dan mil razones para abandonar esta loca cruzada de irracionalidad pero los oídos están sordos a la razón, el corazón cerrado a la misericordia. Sin embargo, no pierden su fe e insisten una y otra vez, pero cada vez sus buenas intenciones chocan contra un muro de rencor que los va abatiendo, para finalmente convencerlos de la futilidad de sus intentos. Por ello deciden que ha llegado el momento de actuar. Es tanta la sangre derramada que sus inmaculadas vestiduras han sido profanadas por la atrocidad y la iniquidad.

Con lágrimas en los ojos piden perdón. Las injurias lanzadas por su hermanos laceran sus carnes como látigos romanos. Se ponen de pie y abandonan la morada paterna, compungidos por haber fracasado en su misión pero aliviados porque podrán lavar tanta vergüenza de sus almas.

Antes de que nadie pueda detenerlos, con el estruendo del rayo bajo sus alas, se presentaron ante Jesús, el hombre. Que ataviado con su sagrada armadura dorada y montado en un inmaculado caballo blanco, los recibió complacido por su decisión. Una leve reverencia y luego pasan a colocarse inmediatamente a sus espaldas, formando un semicírculo para protegerlo. Sus armas refulgen con truenos y relámpagos, avisando a sus enemigos que no habrá misericordia.

Finalmente las puertas de la estación se abren y él, el más grande de todos, sale al campo de batalla. Se ve magnifico tras su armadura, con la capa ondeando al compás del viento del norte. Mira aún con incredulidad a esos que se atrevieron a desafiarlo y no puede evitar un leve sentimiento de orgullo, él los hizo así.

Enfrente, un capitán de la guardia atraviesa el muro angelical y le comenta al hombre que le dio el valor de enfrentarse al destino mismo —Señor, *todo está listo, cuando tú dispongas*- El hombre lo mira con infinito amor y ternura en sus ojos, y dice con voz apesadumbrada —No *debemos hacer esperar a nuestro Padre. Que inicien el ataque-* El capitán asiente y se retira inmediatamente forzando su carrera para entregar el mensaje.

El Ángel adormilado que se encuentra en la Atalaya sur, sufre un sobresalto ante la imagen que se presenta a sus ojos. Estaba preparado para ver *"diávolos"* pero hombres en el reino de los cielos, es inaudito.

Suena la trompeta en señal de alarma, intentando alertar a sus hermanos, pero fue en vano, el hombre ha llegado a las puertas de San Pedro para recordar que es el hijo y que viene a reclamar lo que por derecho es suyo. Así, esta mañana, las trompetas de la guerra resuenan en los tres reinos.

Un Ángel herido llega desfalleciente ante el Señor Dios y le dice —*Nos atacan, Señor. El ejército del reino de la Tierra avanza sobre nuestro reino*- Dicho esto cae en el sueño eterno con la tarea cumplida. El que otrora fuera un dios todopoderoso, se da vuelta en dirección a sus enemigos y la ira asesina la última gota de amor que existía en su alma, y se lanza en un ataque ciego hacia las hordas humanas buscando al culpable de sus desgracias.

Su lanza surca el cielo con un destino fijo como saeta de Cupido en busca del corazón equivocado. Su cólera lo enceguece tanto que no ve a la espada de fuego que viene sobre su cuerpo, que atraviesa su armadura como si fuera un papel. Su pecho se parte como tela de lino blanco. Sus ojos están fijos en la punta de su lanza, la sigue hasta verla llegar a destino. Casi se podría decir que se nota una sonrisa de satisfacción cuando ve al hombre de la armadura brillante caer de su caballo atravesado por la lanza en su costado.

Allá, en donde la tierra huele a azufre y las llamas de la condenación abrasan la tierra, dos hermanos, enemistados desde el principio de los días por sus devociones, se enlazaron en un abrazo mortal, quitándose la vida mutuamente, concluyendo un ciclo de miles de años. Cielo y averno rasgan sus vestiduras ante la muerte de sus respectivos príncipes. Si miras el rostro de Miguel o Lucifer, verás que finalmente han encontrado la paz eterna.

El Espíritu, otrora todopoderoso y símbolo de la comunión del Padre con el Hijo, con lágrimas de sangre en los ojos, recoge los cuerpos del hombre dios y el dios hombre, y los aleja del fragor de la batalla. Marcha sin rumbo, sin fe, sin un destino, víctima de la intolerancia y la paranoia de unos pocos por sobre el amor y el dolor de muchos.

El atardecer está llegando. Los últimos rayos de luz se muestran teñidos de rojo, como recordatorio de la insana estupidez del poder.

A la medianoche un tren parte de la gran estación. Un sólo pasajero lo ocupa junto a su carga macabra… sobre los asientos laterales, convertidos en altares provisorios, los cuerpos del padre y el hijo descansan la paz eterna, si es que esta existe. Una extraña niebla lo va cubriendo en su marcha hasta hacerlo desaparecer de la vista. Pronto arribará al infierno tan temido y completará su carga de desesperanza con los cuerpos de los hermanos, fundidos el uno en el otro como debió ser en un principio… Su marcha no se detendrá hasta llegar al lugar más recóndito del universo, donde nunca será hallado ni mancillado por la irracionalidad de la vida.

El Armagedón ha llegado.

FIN

Personajes

Principal

Hombre de Cabellera Plateada (Dios)
Hombre de Cabellera Dorada (hombre)

Secundario

Pedro (jefe de la estación)
Susana (asistente de Pedro)
Diego (madrugador)
Lucía (jefa de cocina en la estación)
María (pordiosera de la Calle 8)
El loco Luis (pordiosero)
Alicia (Galahad)
Juan (vendedor de frutas)
Lucifer
Miguel

Reparto

Hombre vestido de negro (la muerte o el
            quinto Jinete)
Relatora (soldado)
José Luis (Lancelot)
Ángeles y Arcángeles
El Espíritu

INDICE

www.ingramcontent.com/pod-product-compliance
Lightning Source LLC
Chambersburg PA
CBHW031841170626
46807CB00004B/1571